夜明けのメモ用紙

——定年教授こだわり美学——

目次

第一部

□□先生講演記録《創作》

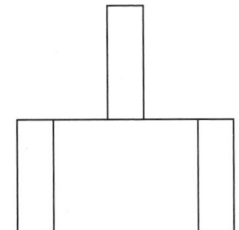

研究と独創・それを促すものと妨げるもの

はじめの言葉

ご紹介頂きました□□でございます。

皆様もよくご存知のように、さる一九八一年度ノーベル化学賞が、わが国の不悔先生に対して授与されました。これを契機として、わが国でも化学復権といった気運が高まってきたわけであります。そんな事情からなのでしょうか、先日、本学の△先生から、「お前も同じ化学者であるから、学生たちや若手職員に、ノーベル賞がもらえる方法とか、どうすれば独創的な研究ができるか、といったような話をしてくれないか」とのご依頼を受けました。

しかし同じ化学者と申しましても、私の従事していましたのは、不悔先生のご専門や、あるいはノーベル賞一手専売領域である生化学などとは、まったく違いまして、過去五〇年以上にわたり絶対にもらえないことに決まっている○○化学部門です。そのうえ、私は、長年研究室に住んで何となくバタバタとその日暮らしをしていたのは事実ですけれども、とりたてて自己宣伝できるような業績の持合せのあるわけでもない。ですからノーベル賞の話をするなどといった資格もまったくなく、そんな言葉を口にするさえ、諸先生方から軽蔑の笑いを浴びそうだ、と思います。

一般に天才的な科学者の業績はスマートで、超人的であり、われわれ——というと先生や皆さんに失礼に当るかも知れないので、私と言いますが——のような凡人には真似できそうもない。発奮の材料にはなるかも存じませんが、あまりにも立派な研究はシモジモの者には近寄りがたい趣きがあるのです。一方、平凡な者であっても、独創性ということを考えたり話したりしてはいけない規則はない。むしろその方が親近感があるかも知れぬだろう、と思います。

ところで私は、今まで永年おりました××大学を今春停年退官しまして、目下悠々自適——と言いたいところですが、現実には不悠々自適——の身の上です。そこで△先生がご親切にも、私が家に閉じこもっていては健康に悪かろう、女房の掃除の邪魔にもなるのではないか、とご心配下さったので、大変有難く感じたのですけれども、実を申せば、講義の義務とか学会の責任などが存在しない真空状態の毎日ですと、かえって身体の調子が良くなりました。だいいち嫌いな奴と顔を合せずに済むだけでも、どれほど健康に良いか、はかり知れません。しかし先生のせっかくのご好意を無にするのも何だと思いまして、本日は出て参った次第でございます。

そのような事情ですので、現役であったときには言えなかった放言暴論も許して頂くことにしますので、大学教育の場にふさわしくない珍妙な言説が飛出したとしましても、なにぶんご容赦をお願い致しておきます。

さて本日ここに掲げられております演題でありますが、まず最初にお断りしておきたい点は、研究とか独創とか申しましても、それらの定義がはっきりしない、つまり多くの人びとの間で、その意味するところについて必ずしも合意が得られていないことです。研究と試験とはどこが違うかとか、何をもって独創とみなすか、あるいは同じ独創でも分野により性格に差があるか、などといった、いわゆる「研究の美学」に属する話をするだけでも、おそらく何時間もかかってしまいます。そこでこれらはひとまず脇におきまして、ここでは世間一般のごく常識的な漠然たる意味で、研究とか独創・創造などの、表現を用いることに致します。

体質や知性の種類

人間のいろいろな能力には個人差があります。容貌とか身長とか偏差値などと同じです。独創性の強い人とそうでない人間とが出てくることは止むを得ません。各個人個人の素質の差によるわけです。独創を重んじそれを涵養するなどの風潮が強い折は、独創人間が金の卵で、そうでない駄目な凡人は落ちこぼれの感じになってしまう。しかし個々の人間の価値にもともと優劣があるべきものではない。尤も、だから人間は悪平等たるべし、というのではなく、むしろ人の価値は多様化した状況において把握されるべきものでしょう。あなた方なり私なりが、仮りに独創性でない人間であったと致しましても、その他の面で能力を発揮すれば、それで良いのではないか、と思うのです。

私も永年いわゆる「研究」をやっておりまして、その間にはいろいろ仕事の内容が変ったりしましたが、やはり当人の体質に合わぬことは、いくら努力しても付焼刃以上には進まず、結局は駄目なのですね。皆さんの勉学の努力に水を差すように思われるかも知れませんが――このあたりからそろそろ教育者らしくない話が始まりますが――私の実感としては、そうなのです。たとえば製造化学、熱力学、量子化学、化学工学、分析など、いろんな分野を並べてみて、どれも好きで立派にこなせる、などといったスーパーマンは、世の中に存在するはずがありません。誰でも苦手とか何となく好きになれぬ領域がある。逆に自分自身に適性のものがあるはずです。化学でない全然別の方面に適性があった場合は、商売変えをしたほうがベターかも知れない。本当に何にも適性がなかった人でも、せめてロビイストとかフィクサーくらいにはなれるでしょう。

話が脇道にそれましたが、私の申したいことは、創造性体質の人と、そうでない人とがある、という事実です。その原因は、人間の知性の質の種別として、創造的知性と整理的知性とがあることによるだろう、と考えられます。たとえば作家などは創造的知性の典型のように一般に思われがちですが、なかには森鷗外のように、整理的知性のほうに著しく片寄っている例もあるわけです。むろん一般には双方の混合物であって、どっちかの要素のほうがまさっているのが、普通の状態でしょう。ちょうど人間において「M＋W」性というのがありますが、あれと同様ですね。

ここでは創造性人間はどうすれば良いか、普通の人間はいかに創造に貢献するか、両種の人間相互の係わりあい、などといった話に移りたい、と思います。整理的というと、何となく文献リストの作成とか不純分の定量などの仕事を連想しがちです。独創性とはあまり縁のない下請作業のように、それらを軽蔑する向きもあるかも知れません。けれども、こんがらがった糸を解きほごすとか、収拾つかぬ混乱を整頓するなどは、整理的知性の人間の最も得意とするところではないでしょうか。そのような性質の研究も少なくない、と思います。

創造的人間とその影響——あるいは天才論——

一般に努力と教育によって創造は生み出される、とされているのですが、一方、生まれついての天才的な創造者というものは、たしかに存在します。しかし私は、天才は単独ではその能力を発揮し保持することが不可能である、と考えている。それを可能にするには、どうすれば良いでしょうか。結論を申すならば、整理的知性の協力が必要条件だ、ということです。

　天才的創造的人間は、円満な常識人よりも人柄が片寄っていることが多い。なかには社会人としての最低の良識さえ欠けたところの、人格劣等といって良い人もいます。申し遅れましたが、天才そのものとか天才的性格の人とか創造性のある仕事のやれる人、という意味までを広くひっくるめて、簡単のために、天才と呼ぶことにしますが、天才はとかく常識人と衝突して、その場合必ず常識人のほうが負けて引下ります。それによって社会の運行が保たれることになる。ちょうど男と女とが争えば常に男が敗けるのと同じことですよ。そんな事情で、一般人はある程度いわば犠牲になり、天才をサポートして行かねばならない。周囲の人たちに保護され協力されることによって、はじめて彼の業績が展開し確立することになるのです。

　こう申しますと、たとえば天才詩人が作品を発表するなどの、孤独の作業もあるではないか、と皆さんお考えになるでしょう。文系の分野には、その傾向はたしかにあります。必要なのは協力する秘書くらいかも知れません。ところがわれわれの実験科学のような領域では、いかなる天才といえども、一個人だけでは業績を出せない。一人の天才が夢を描いてアイデアを提出します。しかしそれだけでは研究にはならないのでありまして、周囲の者とか下請業者が大勢いて、事務的、渉外的、整理的、管理的な仕事を、皆で手分けして行うことが、絶対必要になります。これらの作業はいうなれば整理的知性に属するわけだと思います。ですから周囲の人の貢献度はきわめて大きい。ところが中心となる天才の名だけが後世に残り、その他の者は消えてしまう。これは大いに不合理である、と言わねばなりません。

とかく天才は下請とか協力者とかの、整理的な仕事を侮蔑し、凡人どもはオレの学問なり芸術なりに奉仕するのが当然、というような顔をして、周囲を犠牲にすることを何とも思っていない手合が多い。けれども天才である人は、周囲の凡人のサポートによって自己が成立している現実を自覚し、謙虚な心掛けを持ってほしい、というのが、天才ではない私の考えです。あなた方の中で、たまたまこの席におられる天才の方とか、今後天才になろうとする人に、お願いしたいことの第一が、この点であります。

そんな人格者であったならば、もともと天才にはなれぬのだ、という理屈もあるかも知れませんが、とにかく人格が悪くて良い理由はない。要するに天才ひとりでなく、そのグループとして業績が残るべきだ、と考えるものです。そのことによって、天才に係わりを持った多くの犠牲者も浮かばれるのではないでしょうか。

さて天才と協力者との関係ですが、上に述べましたように協力者を必須とする状況もある一方で、天才自身が協力者を発生させ、自己の外周を取巻かせる、という現象も生じてきます。何故なら、天才は強力なる電荷を持っており、それの引きつける力は強大です。化学的な例で言いますと、裸の1コのカチオンにたくさんの水分子が吸い寄せられ大きい水和イオンを造ります。水分子はカチオンに引きずられて動くので、この場合水のほうの自主性はあまりないわけです。天才の周囲に集まる弟子が、ややもすると去勢された人ばかりになる怖れがあるのは、そこらへんの事情にもとづく、と思います。一人のすぐれた天才がいたとしますと、彼の身辺の弟子たちはいずれも麻薬中毒患者ばかりになってしまいます。その結果、彼らは酒豪になるとか粋人になることの他に、生きる道がなくなってしまう。名前を出すことを差控えますが、現にわが国でもそんな実例があったわけでして、これでは何とも気の毒と言わざるを得ません。天才に対抗しうるような能力抜群の人間でないと、どうしてもそうなる。たとえ去勢されないまでも、鋭利なカンナで削られて平凡な人間になってしまい、その人の特色が失われる、といった結末に陥るのではないでしょうか。

余談になるかも知れませんが、以上述べた点から推察して行きますと、天才というものは必ずしも万能の教育者ではない。逆に少し低能であったほうが良いのかも知れません。むろん一〇〇パーセント低能であったなら、これまた困りものではありましょう。けれどもとかく教師という存在は、多少馬鹿で駄目なところを弟子や学生に見せないと、真の教育にならぬのではないでしょうか。△先生に後でお叱りを受けるかも知れませんが、これこそ非教育者的暴論のひとつで、まだまだ出て参るかと思います。

いちばん危険なのは、二人の天才が接近した場合です。電荷が反発して大爆発を起こしてしまう。両雄並び立たず、という永遠の真理が、ここで成立します。どうしても共存したいためには、一方が無条件降伏するか自己解体するかでないと、収まりがつきません。早い話が、ゲーテとベートーベンとが同じ研究室のなかで仕事をした、と仮定してみてごらんなさい。激しい相互衝突が起こり、その結果、現存する彼らの作品は絶対に生まれては来なかったでしょう。社会の中における天才の存在密度は大きくないほうが望ましく、皆が天才になってしまったら、プラズマ状態のように、年中危険な爆発がつづき、人びとの平和な生活を困難にします。

私の申したいことは次のような結論です。天才に近づくのは一般論として危険である。一方天才は犠牲者を必要としている。ですから天才の協同者、下請、弟子などに該当する人びと、また該当せざるを得ない人びとは、彼と付かず離れずの関係で、自己を守り、かつ天才をサポートすることが、ぜひとも必要であります。それ以外のやり方では、多分駄目でしょうね。従来はともかく天才による被害者が多過ぎたように思います。

一般人において独創を実現する方法

今までにお話ししたことは、いわば天才の心得とでもいうべきもので、多くのかたがたにはあるいは該当しないかも知れません。これからの話は、一般人の心得のことに入りますから、ご参考になる部分も多かろう、と存じます。

もともと創造は天才の専売とは限らぬはずです。普通の人びとでも、容易にとは申せぬでしょうが、創造は可能であるべきです。それには適切な創造性環境を与えることが、最も大事でしょう。必要条件とか必要心得などを、思いつくままに箇条書きふうに、述べてみます。

（1）まず第一に天才に近づかぬことです。これについては先刻申しました。

（2）第二に、これは大数学者ガウスだったと思いますが――記憶があまり確かでないので違ったかも知れませんが――研究には「何物にも妨げられざる、かつ切り刻まれざる時間」が必須である、と述べています。ガウスでさえそうなのですから、一般人には尚更のこと、と申さねばなりません。どなたでも同じだろうと思いますが、私なども、今までの生活は、妨げられ切り刻まれる時間の連続でした。これは何も、研究室に来客があるとか学会の委員会に行くなどの例ばかりとは限りません。もともと人間の生活がそうなのですね。文科系の先生方と多少違いまして、われわれは、朝になれば起き出して出勤せねばならぬ、日中は会議とか接客などの事務員兼サービス業である、夜になれば家に帰る、深夜になれば寝なければいけない、という刻み時間ばかりです。私がむかし教わった先生に天才的な方がおられて、その先生は食事、睡眠をとるのは仕事の終り次第だったそうですが、私のごとき凡人の考えるところによれば、仕事が終るまで寝ないならば、朝起きることもできず、したがって出勤することが不可能である。そんなことの許されるような幸福な大学教授が世の中にいるであろうか、と思ったのです。それにひきかえ、私なんかは最近の二〇年くらいの間、普通の勤務時間内において、大学では学問に属する仕事が全然できなかったのです。家でも女房や子供がそばにいると、何かと妨げになる。自宅以外に秘密のアジトとか別宅を設けるのも、良い対応策ですが、一人住まいではお茶を入れるのも面倒です。そこで、身の回りの世話をしてくれる若い美人を一人採用すると具合がよいだろう、と思うのですが、その結果研究以外の時間が多くなる怖れも生じがちです。

——要するにどういう結論かと申しますと、普通に勤務していては、切り刻まれた時間ばかりで、独創的仕事ができぬだろう、と思います。そのためには、徹底的過保護を与えて、真空保育器の中で、雑用の荒波に遮られつつ、仕事が進められるように取計らうと良いのかも知れません。しかしそんな非現実的なことは不可能でもあるし、できたとしても差別された天才をさらに作り出すことにもなる。ともかくせめて雑用的生活を少しでも縮小するよう、個人個人で努力する必要があることは、たしかです。ところで、そんなことが簡単にできるくらいならとくの昔にそうしている、と多くの方がたは思うでしょう。私も困難だとは考えますが、あまり教育的ではない方法を、ひとつだけ述べてみます。雑用というのは責任感によって生じることは明らかですから、責任感とか良心を多少麻痺させるほうが良くないでしょうか。皆さんは小学生ではないので、安心して暴言を吐けるのですけれども、独創や創造を第一に心掛けるか、それを多少粗末にしても社会的責任感を重んじるか、どっちが大切かよく考えてみよう、ということに帰着するかも知れません。

そもそも、最も望ましいことは、教授は、教授室の長椅子とかベッドに、シャーロック・ホームズみたいに、長く伸びて、ウツラウツラと一日中夢想にふけっているのが、独創を生み出すのに最適状態であるだろう、と思います。だから外見的にはナマケ者となって、善良な市民からすれば月給泥棒のように見えるかも知れません。しかし単に見掛けの状態から判断されては、独創を生み出せないのではないでしょうか。

（3）　第三は、非教育的言辞ばかりで恐縮ですが、批判を受け入れるな、ということです。皆さんは「飛んでもないことを言う奴だ」とびっくりなさるでしょう。つまり研究は批判によって改善され進歩する、という弁証法的な常識がありますね。しかしそれは結局のところ、建前に過ぎません。本音を言わせてもらえば、批判というものは、それをする側にのみ有益であって、されるほうにとっては有害無益なのです。これは私が今までの人生で体得した真理にほかなりません。ご注意を頂きたいのは、教示と批判とは異なる点です。英文が下手なのを指摘してくれるなどは、教示であって批判ではない。ところが批判とは、その人の全存在をゆるがすものである。批判をしても、された人の本質は、当人が死ななければ直らないのです。むかし「馬鹿は死ななきゃ直らない」という浪曲の文句がありましたが、それとまったく同じことですよ。権力を持って気にくわぬ相手を絞首刑に処するのでないならば、サヨナラと言ってそれ以上交際しなければ良い。尤も父親、姑、上役などに、簡単にサヨナラと言えぬところに、人生における一大苦痛が横たわっているわけですが、ともかく批判を受入れて軌道修正をするなどという良心的な心掛けでは、創造的な仕事は困難であるに違いありません。ところが現実には、批判を受入れぬと首が飛ぶ、などの場合は、どうすれば良いか。批判をはね返すだけの実績を充分に積んだときには、すでに老い先も短く、その後どうせ大した仕事もできぬ、という矛盾があるかも知れません。要するに建前を脱却すべきと思います。

現に私自身がいわゆる批判と称するものによってどれだけ前進を妨げられたか、はかり知れないのです。仮りにそういうことがなかったならば、現在の私としては、もう少しマシな業績——多少の自身をもってオレはこんなことをやった、と言えるような——も出せただろう、と後悔しておりますが、むろん今になってそんなことを述べても仕方がありません。早い話が、私が東へ行きたいと思って歩きはじめると、私の批判者が「西であるべきだ」などと叫んで私の後から足をひっぱる。つまり私の行動が阻害される結果にしかならないのです。しごく簡単な話なのですよ。それなのに、従来の学者はとかく建前にとらわれて思うことが率直に言えなかった。尤も、思っていることを言ったら、天皇とか独裁者によってとくの昔に死刑に処せられて、今ごろこうして皆さんにお話ししていることも出来なかったに違いありません。

——少し横道に入った話がつづいて申訳ないのですけれども、批判とか批評なぞというものは、しごくアヤフヤなものなのです。私自身の今までの業績に致しましても、学業界に貢献した先駆的論文だと賞められれば、自分でもそんな気になり得ますし、逆に粗末低級な紙屑に過ぎぬなぞと酷評されたとしても、やはり「なるほど、そんなものかな」といった気分になってしまいます。私の方に自信がまるで欠けている事情もあるにはありますが、要するに相手のほうで私をどう思っているか、という好悪が根本にあるのです。ある先生が私を悪く思っているならば、論文中にいかに良いことを私が書いても、その人の眼には入らぬのではあるまいか、と思います。ですから、批判者ばかりのお白洲の中に私が引き出された場合、私はまるで良いところのない一〇〇パーセントのダメ人間であり一刻も早く廃棄処分にすべきだ、という結論が下ってしまうでしょう。これに対し私も、島崎藤村の主人公の有名なセリフのように「自分のようなものでも、どうかして生きたい」と思うわけなのです。

（4）　次に大切だと思うことは、歴史やイキサツを忘れよ、という心得です。とかく年をとると、私なんかはいろいろな雑多の知識とかくだらぬ記憶とかが充満しておりまして、それに比べて、これから新しいテーマでやろうという若人は、何の先入観もなく大いに恵まれています。原点――というと十五年前の学園紛争以来手垢にまみれてしまって私の大嫌いな言葉ですが――に帰ることは、困難かも知れないが、きわめて重要です。そういう意味で、あまり勉強してはいけない、と私は思うのです。私の先輩の学者で、アイデアの損われるのを怖れて、あまり本を読まぬ主義の人がおりますが、それもひとつの見識にほかならない。――などと言うと、怠け者の私にふさわしい自己弁護になってお聞き苦しいとは思いますが、要するにつまらぬ雑然たる知識は、むしろないほうが良いのではないか。とは申しても、微分方程式とか波動関数も知らないというのも困るわけで、何まで知っていれば良いか、の兼合いがむずかしいところでしょうね。

（5）　さて、さきほどの二番目の話の終りのほうで述べましたことに関連することを、少し補足致しましょう。たとえば現在の私のような無責任状態が、創造性のためには、きわめて大切です。とかく若くて活気がありしたがって創造性の仕事をなしうる時期には、教室主任とか学会理事とか編集委員長とかの、責任ある立場に立たされる。それが解消した時期には、暇になって良い研究ができるはずなのに、その時は、すでにおそく、当方も老化して、研究そのものがあまり出来なくなる。これは大いなる矛盾です。実に勿体ないことと言わざるを得ません。

とくに東京とか首都圏におりますと、ことあるたびに学会に呼び出されて実務をやらされる。実務である以上、いい加減に済ませるわけにも行かないので、いきおい整理的知能が発達し、片方の創造性が鈍ってきます。それに比べると関西の先生は、むろん要職につく方も多いので、一般論としてのことしか言えませんが、平素東京から離れているから、雑用的学会にも出る率が少ないし、またたまに出て来られても責任的でない独創的なご意見をお述べになる人もいる。このような状態は、とうてい東京の人にはできぬ芸当です。だから関西にノーベル賞受賞者が出るのではないか、と私は推定致しております。これは長男が責任感を持ち飛躍できないのに比べて、次男以下に奔放で天才的なのが多いことに似ています。そういった立場の差を無視して、長男とか首都圏を単に非難批判しても、あまり問題解決にはなりそうもない。だいいち長男であることを止めるわけにはいかないでしょう。首都圏から引越すことは出来るかも知れませんが。

(6)　外国では独創的研究があるのに日本にはあまりない、と昔から言われていました。その大きい原因のひとつに、研究室の人員構成のシステムの差がある、と私は考えています。具体的な例で説明致さぬとお判りにくいと思いますが、まず申したいのは秘書の有無です。外国とかわが国でも国立大学では、教授には必ず秘書がつきます。ところが私のいた大学などは秘書のシステムが全然なくて、来客にお茶を出すのさえ自分でいちいち入れていたのです。そのため事務的労力に一日の大半を費やし、私が大して業績があがらなかったことの最大の原因は秘書のいなかったことである、と考えます。ということから、凡人の学者でも、秘書さえいれば、ある程度仕事は出来そうであることが判ります。

大学教授のたるんでいる連中をひきしめるため彼らの業績審査をすべし、という声が昔から種々とあるわけですが、ゴルフやマラソンのように競技条件を公平にして競争させるなら差支えないと思いますけれども、秘書のいる教授といない教授とを並べて、業績の優劣を採点されるのは、大変迷惑です。一部の選手に四〇キログラムの荷物を背負わせてマラソンをスタートさせるのと同様であって、競技としてナンセンスではないでしょうか。

――尤もこんな話をつづけていると、自己弁護そのものになって参りますね。たとえば真に公平な競技という意味では、自宅の敷地に書庫を増築しうる余裕面積の有無とか、どんな女房を持っているか、などのファクターも、本来は計算に入れなくてはなりません。私の知っているある先生は、本人がクシャクシャときたない原稿を書きとばすと、奥さんがそれを解読し浄書をする、タイプする、彼の生誕何十年記念の時などは奥さんが詳細な業績年譜を作成した、などといった万能の秘書みたいな役割で、大層恵まれています。私の女房などは、私が書いた字を絶対に読めない。それどころか、身体が弱く、大病で数年間も入院したりしまして、炊事洗濯を私が自分でやらねばならず、その間全然仕事ができなかった。これでは公平な競技は無理ですので、少なくとも男性である研究者が業績をあげるためには、せめて、病気にならぬような女房が存在すべきである、ということを、今から皆さんにご忠告したいわけです。

次に、日本の若い研究者が在外研究とかポストドクトラルフェローいわゆる「ポスドク」、とかいって、一〜二年の期限付きで向うに行くのがありますね。あれは非常に有効なシステムだと思います。期限付きという点が、最も重要です。何故と申しますと、本人の側からみれば、タイムリミットがあるから、どうしても頑張って早急に成果を挙げる必要がある。また、受入側指導教授の立場からみると、タイムリミットのあるため、有能な人材が何時までもいられない短所があるかわりに、マンネリズムの害が避けられ、かつ自分の選べる人間をつぎつぎに配置できる、換言すればムダ飯食いとか反乱分子を定期的につごうよく追放できる、といった、何物にも換えがたい絶大なる長所があります。つまり不平、混乱を起こすことなしに、人事入れ変えが定常的、合理法になしうる、という点こそ、外国の研究者が大きい業績を生み出すことのできる最高の要因ではないでしょうか。

最近もある雑誌で読んだのですが、アメリカの学者は「採用したポスドクが役立たずであったら、すぐクビにしないと、教授自身の身の破滅になる」と考えているそうです。たしかにその通りですね。一方日本では、教授の目的や方向に沿わないような助手や何かであっても、処分することが出来ない。ここの違いは大きいです。尤も彼らに言わせると、当の教授こそを真先にクビにするべきだ、と思っているに違いありません。

（7）　話が雑多に散らかって申訳ありませんが、さきほど五番目の項目でしたか、無責任状態が大事なことを申しました。しかしどうしても責任の地位を押し付けられそうになったら、どうすれば良いか。大学とか学会に所属している以上、何もしない無風状態のまま過ごすわけにも行かぬでしょう。私自身やりそこなって後悔しているものですから、ご参考になりそうな他の先生の例を申しあげましょう。

私のよく知っているりっぱな学者の方ですが、輪番制で教室主任になることが決まったとき、ちょうど胃病になったのです。そんな病身では教室主任はつとまらぬ、というので、他の教授に肩代りしてもらい、難を免れたのですが、幸いにも胃病は大したことなく直ってしまった。主任の雑用で時間を切り刻まれることなく、ご自分の研究に落着いて従事することが出来たのです。私もそれを見て多いに反省し、「難局が降りかかったときは胃病になるくらいの心掛けでないと、すぐれた研究者にはなれぬぞ」という教訓を得たのでした。これは皆さんもぜひご記憶になるほうがよろしい。

むかし私の教わった別の先生も、現役の教授のときは年中病気ばかりで、大ていの場合、助教授が代行していました。むろん教室主任などにはならなかった。ところが停年で無職になったとたんに、たちまち元気になり、講演をする、本は書く、海外出張に行く、などで、大活躍です。要するに創造的仕事の出来そうもない環境にあるときは、病気になることがいちばん有効だと思いますね。尤も、病気が重くなり過ぎて死んでしまっては一巻の終りですから、業績もへチマもない。それでは困りますが、良心的かつ自動的に責任を回避する方策として、死なない程度に病気になることを、おすすめする次第です。

（8）　さらに次のようなことも、私は考えています。独創的ということは、既成概念の打破、既知事実の変革をめざすものですから、もともと法律、道徳、内規とか先生の教えとかには、原則として違反すべきものです。――ということを教育者であった者が教えること自体、矛盾でもあるわけですが、私の申したいのは次の点です。

先生とか上司の命に一〇〇パーセント服することは必要でもありますが、一方独創性に欠ける怖れも出てくる。忠実なるロボットであるのは使う側から見れば便利かも知れませんが、いわゆる優等生が独創的業績を出せない、といわれているゆえんです。一方、いちいち人に反抗もしくは批判をして、他人に○パーセント従うというのも、社会人として同僚として、付合いにくくてやり切れない。大学とか学会の組織が成り立たず、自分自身が天皇とか一匹狼になるのでないかぎり、社会人として生存できないことになる。たとえば道路交通法規を破って独創的に車を走らせるとしたら、どんな結果になるでしょうか。——そこで両者の状態を折衷して、五○パーセントていど命令に服するのが良いのではありますまいか。一方で先生の指示がいかに大切か、をよく理解し、他方で先生のやり方がいかに駄目であるか、の反省も、可能にするべきでしょう。

（9）最後に、きわめて具体的な問題のひとつとして、研究費のことに触れます。要点を申しますと、若い活力のある時期には、まだ無名で、文部省や財団の研究費がもらえない。ところが年功序列で研究費が受けられるようになる時期には、自分自身も大分老化して、研究費を有効に使えない。尤も後の例では、研究室全体で使うのですから、若い人たちも利用できて、無駄というわけではない。しかし私自身の反省としても、若くて一人で細々とやっていた時期には、たとえ雀の涙ほどの金額でも、ノドから手が出るほど有難いのです。それによってどれほど研究が捗るか知れません。そこのところを、悪平等とか細分化などと批判して、権力集中型をとうとぶ傾向も、現在は強いようです。個人が家内工業的な古い研究をやる時代ではない、と決めつけてしまえばそれまでですが、この点は何とか配慮されるべきであります。

研究を妨げるものを除去すること

以上に述べましたいろいろの事項からお判りのように、一般人が独創をめざそうとするときの必要条件が多いものですから、現実にやろうとすると、必ずしも簡単には行くまい、と存じます。現に今までピンピンしていた人間が明日から急に胃病になることはむずかしい。どんな場合でも有効で、かつ効果が直ちに出て、しかも簡単に実行できる、というものが、最も適切であるでしょう。私の考えでは、以下に述べますような、独創性――一般に研究そのものと言換えても良いのですが――を妨げている要因、をなくするのが良い、と思います。世間では、独創性を高めよ、などといった掛け声のやかましい反面、それを妨げるような現象や規則をたくさん製造して、平気で放置している。これは著しい矛盾ではないでしょうか。実例を申しあげることに致します。

第一に採上げるべきは会計規則です。これがいかに研究を妨げているかについては、研究者である人の一〇〇パーセントが痛感しているはずです。研究費の予算を節約的かつ有効的に使おうとすると、たちまち違法とされてしまう。また一年以上も前に申請した備品の細目が固定されてしまい、少しでも変更することが許されない。これでは、誰が研究の主体なのか判りません。また、私大や民間企業では融通が効くのかも知れませんが、国公立大学や国立研究機関では、研究費としての現金が存在できない規則です。ところが実際には現金がないわけには行かない。そこで自分のポケットから出すとか、極端な場合、空出張という手を打つことが有りうる。空出張が不正行為であることは明らかで、その点だけを採上げれば、世間の非難の的となるのは当然です。しかし従来空出張が現金化の唯一の手段としての必要悪であった、という立入った事情を、一般の方がたはご存知ない。さもなければ何でわざわざそんな面倒な操作の必要があるでしょうか。お断わりしておきますが、私は空出張を正当と思っているわけではない。キャッシュでさえあれば、安く有効適切に使えるのに、わざわざ使いにくくして、面倒な会計規則をこしらえ、しかもそれを守らせるのに有能な事務官を大ぜい働かせている上に、買う品物は割高になります。こんな勿体ないことが、またとあるでしょうか。

そういうことを止めるだけで、研究は促進され、予算や人員も節約になり、その変革のための費用予算は少しも必要ではない。研究機関や監督官庁などがその気になれば、来月からでも簡単に出来ることなのです。誰が見ても好都合のことが、何故出来ないのでしょうか。私の知っている大学では、予算を研究用と教育用とに分けて、区別して執行しなければ違法であるなぞと言っているような、極端な例もあります。大学の教員を一日でもやった経験があれば判るのですが、およそ研究用と教育用とをいちいち区別してやれる道理がありません。いろんな制限事項をわざわざ設けて研究を妨げるなどは、全くもって損な話です。

むろん自由化したら予算を横領する不心得者が出るだろう、との心配のあることは判ります。またそんな悪者がゼロではなかったことも事実です。しかし交通違反を取締るのと同じやり方では、全然質の違う研究の場合、効果が挙がりません。研究というものは、いわばデタラメの要素があり、官庁が土木工事の予算を執行するような計画性をもってやれるわけではないことを、予算を支出する当局に理解させるべきでありましょう。

第二に、これは前の節でも申しましたことですが、創造性を与える環境や心得が重要であるわけですから、その環境の形成を妨げているものを除去すること、これが有効であります。重複しますのでいちいち申しあげませんが、たとえば学内の雑用とか委員会とかを整理することです。皆が困っているのだから、お互いに相談して廃止することを決めれば良いのです。委員会なんぞは、なければないで、何とかやって行けるものです。現に委員会の少なかった昔でも、ちゃんと大学や学会は運営できていたではありませんか。これらが無益な時間に過ぎぬなどとは、建前を重んじるなら、主張しにくい。とくに建前が幅を効かすようになったのは、学園紛争の後遺症だと思います。その点だけを採上げても、紛争が後世に残したところの害毒はいかに大であったかが、証明できる、と思います。

要するに、創造を妨げるような要因をたくさん製造しておきながら、しかも創造性が高まらないなどと嘆いているのは、ちょうどストーブに点火して暑い暑いと叫ぶようなものだ、ということです。

さて研究を促進することを妨げる要因は、思い付くままに述べはじめますと、いくらでも出てくるのです。そのことだけで何時間も話ができます。私なぞの体験では、妨害要因との対応に苦労することが、研究そのものを進めることよりも、はるかに切実であったのでした。

むすびの言葉

私の話を簡単にまとめてみますと、研究者には天才的創造性の人と整理的知性の人とあること、両者の相互関係のこと、一般の凡人的な人でも、適切な環境と心構えがあれば、創造性仕事が出来ぬことはなかろう、ということです。むろん環境を良くしてもやはり本人の素質が悪かった、などという駄目な結果も、多くありうる、とは思います。しかし少なくともプラスの方向の効果があることは、断言できるのではないでしょうか。

さらにいちばん有効なやり方として、創造的仕事を妨害している要因を除去するよう取り計らうのが、もっとも宜しい。ただしこのことは、個人が考えただけでは進まぬことが多く、より大きい上の組織において決断しないと駄目なものがほとんどです。そこのところこそが、問題になるのですけれども。

もう時間が参りましたので、そろそろ終りと致しますが、教育の場にふさわしくないようなことを大分申しましたけれども、お若い方がたは、現時点では私の言いましたことを充分ご理解になられぬかも知れない。しかし私の述べたことは、教条主義的大先生たちの本には絶対に書いてないところの、私の体得した、生きた真理である、と思っている、ということを申しあげておきます。あと三〇年くらいたってから、ある朝顔を洗っている時にでもヒョイと思い出してみて下さい。「昔アイツの言ったことはどうやら真理であったな」と、思い当られるに相違ありません。

本日は演題の主旨に反するような自己弁護的回想談が多くなってしまいまして恐縮に存じましたけれども、これで私の話を終らせて頂きます。ご清聴ありがとうございました。

第二部　茶論此論

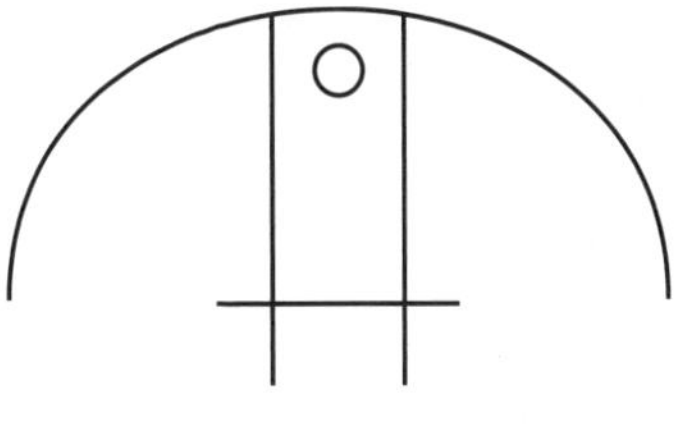

二階の女

加齢現象のせいであろうか、最近は記憶力に自信を持てなくなった。あいまいな記憶に立脚して書いていると、他人の話と食いちがう恐れも出てくるので、前もって、そのように予防線を張っておきたい。

たしか飯澤匡に、『二階の女』という戯曲があって、大詰で姿を現わす女を、黒柳徹子が演じた。かなり、前にＴＶ放映を見たことがある。

その女の話をするのでなく、ここでは「二階の女」なる言葉からの連想を、展開してみよう。

学生の頃、忘年会などで、席が乱れてから飛び出す歌に次のようなのがあった。

ヤッコラヤのヤー、ヤッコラヤのヤ

櫻という字はヤッコラヤのヤー

分析すればどう見える

二階の女が気に掛かる
「ヤッコラヤのヤー」と「分析すればどう見える」とがリフレインになって、二番以下に続く。

「二階の女」云々のココロは
〈2貝の女が木に掛かる〉

であって、「櫻」の漢字の組立てを教える役目をした。また「分析す」る、などの工学的プロセスを柱とする点が、かなりユニークだと言える。歌とは別物だが、「イチ、ハチ、ジュウのモークモク」と、主人公に叫び声をあげさせる「平林」も、〈分析落語〉といえるだろう。

ところが、男性酔宴の常として、二番はポルノ歌詞になってしまう。平成時代ならば、女性が同席し、セクハラと化しただろう。それ故、せっかくの分析歌が歴史の本には残らぬ結果となった。むろんこれは私の勝手な憶測である。

「分析」には、精神分析とか証券アナリストなどもあるけれど、化学方面で最多用される言葉だろう。もともと私の育ちが物質屋なので、特別に、「分析」に深い印象を抱くのかも知れない。私の師匠は、分析専門家ではなかったが、分析を済ませぬうちは、次の段階に進むのを許さなかった。

分析は要するにバラす操作であるから、対象が材質であろうと文字であろうと、何でも構わないはずになる。生理学者「林髞」を分解して推理作家「木々高太郎」を誕生させた例もあった訳である。

右に紹介した歌は、「櫻」を知らぬ常用漢字世代の若者には、ピンと来ないだろう。「桜」では、そもそも歌になるまい。

戦後、はじめの頃は当用漢字と呼ばれて、それ以外の漢字は使用禁止になった。原稿どおりでの印刷を要求できた谷崎潤一郎クラスは別格として、われわれ凡人は、原稿を旧字体で書いても、編集部のほうで当用に変えてしまうものだから、どうせ直されるというので、最初から略字で書く。正字で書くチャンスがなくなり、遂に字そのものを忘れてしまう例が多かった。従って現代人は、コオロギ、魚の名、「亀」の正字などを、ほとんど書けないのだ。桜の正字を私が覚えているのは、ひとえに二階の女のおかげである。

日本人の漢字能力減退については、坂口安吾や伊藤整のカタカナ連発文章が、大いに貢献している。それが、さらに極端化して、漢字を廃止し仮名文字で書け、と主張したのが、本田宗一郎である。彼は、日本代表のエンジニヤーであったが、日本文にかけては感覚ゼロと言わざるを得ない。カナだけで成立つ文章などは、およそ読めるものではないのだ。漢字とカナが適度に調合された日本語は、世界屈指のすぐれたもの、と私には思われる。

アルファベットやカナ文字はバラ銭であるが、漢字は金貨である。必要なときそれでパッと払える。――そんな議論を、むかし読んだことがある。読むのが難儀なのは、欧文がバラ銭だからであって、当方の語学力のない点だけが原因、とはいえない。

姓名などの固有名詞は、本人の示す字体を尊重するべきものだ。私は、本名を略字で署名したことはない。それを無視し常用文字で宛名を書いて来る人が、まだ沢山いる。略字が望ましいのは、立候補するような人間にかぎる。

普通名詞となれば、話は別になる。桜より櫻がよいと、主張する訳ではない。むしろ桜のほうが書きやすい事情はあろう。

桜にこだわる理由は、私の住所の町名が「桜」だからである。同じ区内には、桜・桜丘・桜上水・桜新町というように、桜の入った町が、目につく。桜小学校・桜木中学校・桜町高校などの校名もある。現実に、桜の木も非常に多い。

家を出て一分も歩くと、四月の一時期にはもう道が花吹雪になっている。上野公園や平安神宮に出向かずとも、花見が可能なのである。

都内有数の桜並木が、区内にも幾つかあり、N大文理学部正門前のものは、そのひとつである。花の時期に学会がしばしば開かれるので、私も自宅から三〇分歩いて、何回か通った。KO公園の中にも、バス通りから折れて二百メートルほど染井吉野が並び、その道はかつては私の通勤路であったから、毎年、朝の花見や夜桜見物といった、ささやかな風流時間を持つことが出来たのであった。

桜といえば、当然、馬に関係が深い。馬事公苑が、家から十二分のところで、構内に桜も多い。馬と桜とどちらが先なのかは、よく判らないが、何れにしても、両者の地理的密接は理屈に合うことである。右に述べた公園名にも、「駒」が付く。馬に関する地名の所には、何となく桜も多いような気がする。

漱石の博学猫が「下宿屋の牛鍋が馬肉である如く」と言ったように、長い間桜肉は隠れたるニセモノであったが、現在はちがってきた。渋谷駅の近くに、桜肉の刺身や鍋を食わせる店があって、以前、私もクラス会の時に知った。食堂街の中に、ビフテキに対抗したホーステーキの看板を、掲げてもよいのである。

内田百閒は、桜と鹿肉とを同時に鍋に仕込んだ「馬鹿鍋」を創案して、友人達に食わせたことを、書いている。馬鹿鍋とは変わった趣向と思われるけれど、真似する人がいないのはなぜであろう。多分、こんな鍋を試みて今以上のバカになっては困る、と思うからだと、私は愚考している。

文系人間と理系人間

三年ほど前に、私は、書き溜めた専門外文章を整理して、エッセイ集を一冊刊行した。それを読んだ人たちから、〈理系人間として生活した人の文章〉といった種類の評を受けたのである。専門から遠く離れたつもりの文芸上の話でさえ、そんな印象を与えたらしい。長年の生活環境の影響は恐ろしいものだと、痛感した。

私は小学校の時、科目中で、作文が最も嫌いであった。決められた題のもとに一時間で書け、と命じられると、頭が硬直してペンが進まないのだ。卒業式の祝辞のような表座敷の文を、昔からひどく苦手とした。また曖昧な感覚や理念を感動的に造出構成するのは、文系の人の特技であるが、そのような能力が、私には欠けている。中学校の頃は、幾何の証明みたいな、無思想無機的の明確な作業が、性分に合った。

私の父は、商学部を出た平均的会社員であったが、理科系の社会人を「技術者」と呼んで、一段見下していた節があった。「技術者」とは、人間や経済を知らぬ専門馬鹿で、半人前の欠陥人間、と考えていたらしい。また子供の私を、一人でコツコツとカイコの研究でもやっているのが適任、と生前言っていた。振り返ると、非社交的な息子の適性を、親はよく把握していた訳である。

文系では、人間や社会の研究が仕事になる。人間は、「記憶にございません」などと嘘をつく厄介な動物で、かつあらゆる悪事を考究実施しうる存在でもある。そんな人間を究明するには、悪人のそれと同等以上の卓越した知力と洞察を持たねばならない。シャーロック・ホームズにとっては、余暇の化学実験より、本職の犯罪現象解明のほうこそ、やり甲斐のある生活だったであろう。

建築・心理学・精神医学などの、文理にまたがる領域もあるけれど、話を簡単にするため、それらはひとまず脇におく。

一方、理系人間の対象は、無生物、人間以外の生体、同じく人間でも物質としての構造体、等である。物質現象のメカニズムの真相が、多くは幾重にも深く隠されているので、その解明には、直感による飛躍や鋭利な洞察が必要となることを、イヤというほど経験してきた。受験数学の計算に類する事務的努力では、決して成功しないのである。その際には、やはり探偵の解剖洞察が物をいうことになる訳だが、少なくとも物質が、黙っている点はあっても嘘をつかぬ点は、文系現象に比べて、はるかにましである。そこの処が、天才探偵にとり物足りぬ事情にもなろう。

時には分析データ捏造事件などが報道されるけれども、一般には理系人間は、正直で単純な人種である。例えば私は、約束されたことは必ず実行されるものと考えて、人に接している。怠慢や悪意でやってくれぬのを計算に入れていない。単純人間たるゆえんである。

文系人間には、理系人間の心理や考えが、手に取るように判るのであるまいか。会社などの事務系技術系混合重役会議の様子を知らないので、狭い経験範囲の一般論しかいえないが、大学の評議会・入試管理委員会のような混合型会議に出席すると、文理の違いがはっきり現われてしまう。

理系の人は、必要最小限の発言だけをして、あとは早く会議が済んで部屋に帰り中断した仕事を続けたい、と思いながら我慢している。

ところが文系の先生は、講義や会議などの時だけ出て来て、レクリエーションを兼ね、議論のための議論を楽しんでいるので、延々と会議が続くのである。

意見が対立すると、レトリックを駆使して理系代表を窮地に追い込むのは、文系の最も得意とするところである。私など、言い負かされてそのまま帰り、翌朝目覚めて〈あの時こう言えば良かった〉と悔やんでも、すでに手遅れになっている。悪人取扱法の修業をしたことがないのだから、止むを得ぬ事情もある。

総合大学で移転問題が起こった、としよう。理系は、実験室スペース拡大・研究設備更新に直結するので、移転促進側になる。一方、文系は、非常勤アルバイトがやれなくなるとか、家を新築したばかりで動きたくない、などの理由で、反対派に転じる。全学一致を目指すには、文系に賛成してもらわねばならぬ。そこで、理系が犠牲を払い、定員とか良いキャンパス土地部分を提供する結果になる。つまり移転に際しては、移転賛成者が損をし、反対者はゴネ得をする。〈文系にうまくしてやられた〉との印象が、理系人間の心理中に深く刻まれるのである。

右のストーリーは、むろん細部や例外を無視した大ざっぱなシミュレーションであるが、文理の違いを表現しているだろう。

文芸評論家の奥野健男氏は、文系人は理系人より、概してしたたかな「悪人」である、という意味の話を書いていた。同氏は、高分子化学技術者であったから、文理双方の実態に通暁した立場にある人である。

昔から技術者は、政治的文系人間に奉仕する下請業者、と見做されていた向きがある。現に理系の業務はいわゆる３Ｋなのに、あるいは３Ｋであるからこそ、給料も安く、低い階層に甘んじているのが、多数だったろう。私の父の意見は、半世紀以上も昔の話だが、世間一般の見方に沿ったもので、今でも消えた訳ではない。したたかと単純との取組みの必然的結果なのかも知れぬ。

最近は技術者が一流企業トップに就任したりする例も多くなったが、理系人間の社会的地位が一般に向上したとは、まだ言えぬ、と思われる。私学経営者が、とかく「金喰い虫」となる理系の養成に、消極的であることも、理系の発言力を増大させぬ方向に作用している。

問題解決のためには、理系人が積極的に文系の領域まで侵入するのが、早道なのではなかろうか。例えば、文学や簿記を、理系人間が仕事の余暇に独力で勉強しうる、と考える。私の実際の経験に照らして、その通りだからである。けっして暴論ではない。

現に、ある先導的大メーカーの技術系会長は、非公開席上のことかも知れないが、「採用に当たって文系学生は要らない」と、宣言したそうである。

下請状態に止まらずに、製品の完成・配布といった最終部面までを自力でやってしまうことが、今後は肝要ではあるまいか、との発想も、理系内部に次第に現われつつある。簡単には行かぬとしても、少なくとも不可能ではない。国際外交関係のような悪人作業も除けば、単純正直の利点を生かして進めることも可能であろう。

スピード時代

世の中が、時代とともに、万事スピード化して来ている。

大阪へ行くのに、昔は東海道本線、今は新幹線になった。原稿発送でも郵便一色だったのが、かなりＦＡＸ発信に切り変わりつつある。ただし本原稿は都合により郵送している。

同じ仕事が幾分早めに片付くのなら、浮いた時間を、他の有効目的に使えるはずなのだ。ところがなかなか実行されない。むしろ多忙度増大になった気がする。会社員が出張宿泊している間は、嫌な上司の顔を見ずに済むが、日帰りになったため、優良な境遇が失われ、しかも新規指令をより早く受ける。

昔と今とで、どちらが幸せであったかは、当事者の状況環境によることで、一概には言えぬものだろう。

時間節約と言っても、それが工程節減に結びつく合理的のものならば、一般には、異議はあるまい。

その一例は、スクランブル交差点である。中央部で直角にぶつかりそうなのを注意さえすれば、向う側に渡る二段工程を、一段工程に改質出来るので、誰にも好都合である。信号のような妨害装置は少ないほど良いに決まっている。

子供の頃、山の手地区の各所にあった原っぱには、雑草を踏み荒らした道が、必ず対角線状に走っていたものだ。右のような例は、人間の経済行為の反映に他ならない。

健康のため、買い物の目的などで、遠回りする時はあるものの、駅からは最短距離を歩いて帰宅するのが、自然だろう。

京都や札幌の街は、あまり近道がなく、違ったルートを通っても、所要時間は等しい。しかし、駅を中心に放射線道路が作られている田園調布のような場所では、経済行為が成立する。

昔、東京都の建設局長をやった石川栄耀は、弁説家であったが、ある講演会で、田園調布が、駅から一刻も早く帰宅したいという設計の、つまらぬ町である、と悪口を述べた。けれども、この最高級住宅地の住人は自家用車で帰るだろうから、そもそも駅から歩く人はあまりいない、と思われる。さらに、放射道が悪いならば、凱旋門の周囲にも同じ話が言えるはずではないのか。

工程の節減の点では、鉛筆の持ち方に関するエピソードがある。受験生をはじめ大抵の人は、鉛筆を削った先端が身体と反対側になるように置く。ところがある製図の先生は、尖った先を手前に向けて置け、と命じたそうである。普通の置き方だと、指で持ち変える二段方式になるが、その先生の方法は、一段で済み、時間の短縮にもなる、との理由であった。尤も節約量は極めて微少だろう。

ただし先端を手前に向けるなどは、合理化だとしても、私には抵抗感がある。傘や指し棒の先をこちらに向ける人がいると、何とも我慢が出来ず、席を変えてしまう。まして自らそうするなどは論外に思う。フーテンの寅さんだって、同様に違いない。

箸の置き方にも鉛筆のそれと似た事情がある。箸置きが左手に、箸の先が左向きになっているのが、日本料理の定法に他ならない。ところで内田百閒家の食膳では、箸の先を右にする習慣だった、と伝えられる。つまり箸を持ち変える手間を省いた一段工程、という合理化案なのである。

箸の場合は、先端恐怖の心配がないゆえ、どっち向きでも構わぬだろう。しかし百閒のような徹底した非常識生活の実践家が、どうして箸に関してだけ合理主義になるのかが、私には理解出来ない。

スピード競争なるものは、運動競技の時のように、記録更新に意義があり、昔から人びとを熱中させている。むろん同一か同等かのコースで競技するのでなければ、フェアーにならぬ。従来極めて不公平な競争もあった。

私の少年時代に、飛行機による世界一周早回り企画が、時おり実施された。のちに奇人億万長者として有名になったハワード・ヒューズも、その記録に挑戦した。ところが彼のコースは、世界一周とは呼んでも、北半球の高緯度の部分を回ったのに過ぎない。少なくとも赤道に沿って飛ぶのでなければ、いくら速くてもマヤカシではあるまいか、と私は思った。果してバーナード・ショウが、この記録を皮肉って、次のように述べたのであった。

「それならば、いっそのこと、北極でワルツを一回踊ったら、いちばん早かろう」

このような話が極端化すると、三六〇度の回転、要するに何もしないで動かぬことが、最も迅速簡易な工程だ、という理屈になってしまう。

生活している以上、何もしない訳には行くまい。むしろ人間は動物と違って、無駄な営為を一所懸命やることに、生存の意義を見出している向きもある。暇つぶし、健康のため、生計を立てるべく創設された無駄的職業等々、いろいろ数えることが出来る。

日常生活上の無駄を省くための、「動線」のチェックなども、今は検討されるようになったが、動線といった効率優先の視点では、健康保持に有効な工程は、多くの場合、無駄と呼べぬことはない。例えば用事のあるたびに、家のなかで一階と二階とを往復しているのは、時間上効率上は損かも知れないが、非外出性歩行といった保健的意義が、たしかに存在するのだ。

精神的な無駄も少なくない。仕事の締切が今週末に迫った時など、他のものを排除してスピーディな作業に専念しなくてはいけないのだが、そんな時にかぎって、昨日買った推理小説に手を出して、犯人の名が判るまでは休心できない、といった状況が現出する。ロボットや動物なら、そんな矛盾的無駄をしないであろう。

完全引退者でなければ、FAXや新幹線は、依然としてある程度は必要である。

ところで私は、生来動作緩慢で、スピードを必要とする業務を、肉体的にも精神的にも苦手としている。だから明日会議をやるから出席してくれとか、FAXで大至急返事をせよ、などと通告されることが、非常に嫌いである。言うほうではスピード時代にふさわしいつもりなのであろうが、言われる側の好みや都合も、念頭に入れてほしいものだ。緊急な事柄は、死亡入院とか事故天災などの、止むを得ざる突発事件だけで、たくさんである。

動作が機敏でないのなら、わざわざ多忙の折に小説を読まなくても良さそうだ、と他から思われるに相違ない。しかしそんな矛盾は、私だけでなく、皆がひとしく持つところだろう。

タテ型ヨコ型

同一目的でも、ある物はタテ型、他の物はヨコ型、といった例が、いろいろあるだろう。タテ・ヨコ同時共存もあり、また昔タテ優勢・今ヨコ優勢などの、時代的変遷を持つ物が、日常生活において目に触れる。

表札、名刺、年賀状には、縦型と横型がある。目下、縦横併存状態になっているが、昔は縦型絶対多数、今は横型有力である。現時点で、おのおのどちらが過半数を占めるかは、調べないと判らぬが、最近私の受け取った名刺は、ほとんどが横書き式である。

私自身は横書きが好きで、多くの人が着目していなかった一九六〇年頃から、横書きで名刺と年賀状を印刷している。この種のものは、当人の必要や趣味に従えば良い訳だけれども、読む方にとって横型が親切だろう、と考えている。

住所を「三ノ二三ノ一二ノ二一三号室」、などと縦書きにする時、印刷やワープロならばまだ判りやすいが、達筆乱筆で記されると、数字が読めない。返信や用件の時に困ってしまう。私は縦書きを要する文書の場合、「二二」を必ず「十二」とする。「三」と間違えられずに済むからである。

その点、横書きならば、「3—23—12—213」となって、読みやすく、誤読の余地はない。郵便局員の解読労力まで念頭におくなら、このほうが進歩的である。達筆派がそこの処をどう考えているのか、を伺いたいものだ。

それなのに、現在の「はがき」や封筒は、横書き派にとっては非常に不便に出来ている。もともと旧来の形式を変えていないのだから、止むを得ぬ結果ではあろう。要は、郵政当局や文具製造業者の怠慢に他ならない、と判断する。

ハガキについては、九〇度回転させて横書きすれば済むかも知れないが、郵便番号記入欄や料金マークも横にして、つまり外国ハガキと同様の横型にすると、一層良い。そのほうが、番地の数字や長い住所を、余裕ある横幅をもって記載出来るからだ。郵便番号をアラビア数字で書かせるのなら、ついでにアドレスのほうも、同様に強制してしまって差支えなかろう。

また、とくに定形封筒の小さいものは、細長く、そのままでは横書きがやりにくい。外国式横長封筒のほうが、むろん好都合である。最近、縦長封筒を九〇度回した横書き宛名の郵便が、非常に多くなった。この際封筒自体を横型に変えて製造するべきで、縦使用希望者は、封筒を、そのままあるいは九〇度動かして、縦に書けば良いのである。縦封筒に横書きするより、このほうがはるかに楽である。私が実際に試みて比較した結果、そう言える。

日本式縦長封筒が外国式より優れている点が、少なくともひとつある。糊付け部分がそれで、外国郵便物のそれは「へ」の字型で、糊代も広く、中味の便箋に糊が付着して、開封するのに困ることがある。日本式は、幅と面積が最小だから、合理的で、外国のほうがむしろ見習うべきであるだろう。

横型がより進歩的と見られる例を指摘したが、今度は縦型のほうが合理的、と私に思われる事例を述べよう。

ランドセルやリュックサックは縦型である。もしもこれらが横長だったら、隣の人や物体にぶつかったり、車中で嵩張り混雑に拍車をかけるに違いない。

ところが学生やサラリーマンらの持つ鞄は、逆に、ほとんど横型である。縦型のバッグもあるにはあって、現に私は縦型ビジネスバッグを持ち歩いている。昔は楽に入手出来たけれど、今は適当なのが見付からない。Ａ４判用紙用角形2号封筒が、ひっかからずに楽に入るくらいの縦型バッグが、何故ほとんど消えてしまったのか、不思議に思っている。

ケーキや和菓子を買って鞄に入れる時は、横型でないと不都合であろうが、それ以外は縦横どっちでも差支えあるまい。むしろ平面図的にみて、横長に嵩張るより縦になったほうが、空間充填度が大きくなり、一定容積の車輛に、理論的にはより多勢乗車出来そうである。むろんラッシュ時に沢山詰め込むことが能ではないけれど、無駄な空隙を生じさせぬほうが合理的であろう。

車中の若者たちが、ドラム型と称する超横長ボストンバッグを肩にしているのを、見受ける。あれは最長七二センチもあり、かような横長物は、本来自動車のトランクに納めるか縦に持つかするのが、常識ではあるまいか。近隣の者が多大の迷惑をこうむっている。混雑車内横長持ち込みは、軽犯罪行為に他ならない。

右の諸例は、主に縦横の何れか一方を選択するというケースであるが、同じ人が必要に応じ縦横を使い分けるような、共存形式もある。原稿書きや書籍が、その代表例だろう。

ある人の書く文章が、ワープロ打ちも含めて、縦書き横書きの割合が各何パーセントか、の統計を取ったとすると、人によりかなり違うであろう。

私の場合、書き物全体の九五％は横書きである。本職上からも日常生活の便宜からも、そうしている。むろん本欄の連載エッセイは例外である。他に、明治生まれの長者に対する手紙類も、それに準じる。

昔、毛筆や万年筆で縦書き文を書かされた時は、右手首が汚れるのが、非常に気になった。プロの作家などは馴れているから問題にはならぬのだろう、と思っていたところ、幸田文は作家になりたての頃、左側から右へ縦書きをする癖があった、という話を読んだ。

左から始まるのは横書きが常識だけれど、日本語小説で左縦書きがあっても、不合理とは言えない。私は週刊誌を見る際、大抵最終ページから右へ向かって読んでいく。真犯人の名前から読み出すようで不適切だが、私の好みのジャンルであるアフォリズムなどは、後ろから読むことが出来る。

左縦書きの小説単行本を、仮にどこかの出版社が試みた、としよう。すると評論家が〈奇想天外の形式を採用したことだけが取り柄だ〉と、悪口を言うに決まっている。

それはともかく、さらに左横書きの日本小説もあって良い、と思う。今後は国際化するので、登場人物が英語で会話するのを、リアリティを重視して、原文のまま記すべきである。旧来の右縦書きでは、その部分だけ首を九〇度回転させねばならない。原文を読むのが面倒な読者に対しては、翻訳文を脚注に載せれば良いであろう。

重箱の隅

タイトルの「些論」に相応しく「些事」の話をしよう。

「重箱の隅をつつく」、「他人のアラ探し」、あるいは「嫁の箸の上げ下ろしに姑が目を光らす」などが、いわゆる些事に該当するだろう。取るに足らぬ細かさにこだわる小人物の行為、と見做されるから、たとえ有益だったとしても、労多くして、かつあまり好感を持たれぬ、損な作業、となる。

従って「私は大事より些事に興味がある」と公言する山本夏彦氏は、実に勇気ある人、と言うべきである、同氏の文章が説得力を持つのは、常に確実な些事を披露しているからに違いない。

逆に大雑把なことは、大局を掴んでいる、大所高所に立つ、などの点に近接し、プラス的に評価される。些事を充分知ったうえで大局に立つのなら、立派である。しかし、〈世の中は大雑把で良いのだ〉と平素言っている人を見ると、単に気配り欠乏の間抜け人間に過ぎぬ例が、少なくない。

大所高所はむろん重要で、社長とか大臣の必要資格、と言える。予算委員会において、質問議員により細微なデータが持ち出されると、〈バカヤロウ、大臣がそんなことまでいちいち知っておれるか〉と感じるはずだ。吉田茂元首相のバカヤロー事件ではないが、現実にそんな答弁をしたら、大変である。心の中で右のようにつぶやくに決まっている。

それが中小企業の社長となると、元首から用務員までの一人数役を演じなくてはならぬ。どうしても些事に神経を費やさざるを得ない。弱小大学の教授にも、似た状況があろう。些事が重要化するゆえんである。

大所高所に対して、些事を扱う「小所低所」も、存在するだろう。『広辞苑』に載っていないので、私の発明造語として、ここに登録しておきたい。

「重箱の隅」云々は、自分の全く知らぬ分野のことを詳細に追究している人、に向けられる印象、のような気がする。

むかし土木科の教授と、帰宅時のバスでよく一緒になった。ある時、彼が

「あなたの学科の学位論文は、何時も重箱の隅をつついた同じようなことを、やっているね」と言った。むろん教授会でそんな発言をしたら、大変である。気を許した私的会話なので、本音が出て来るのだ。

土木の先生の感想も、無理はない。土木は、万物の寄せ集め技術から成るところの、現場中心の大型プロジェクトである。ところが私たちのほうは、オングストロームなどが商売スケールで、重箱式に見えるのだろう。また、よく判らぬ長たらしい化合物名が出て来ると、どうせ詰らぬものだろう、と思うのが、人情に違いない。最近は、「物質工学」などと看板を塗り変えているけれど、工学部内では昔から異端分子の扱いを受けていた。〈理学部に所属すれば良い〉とする向きもある。今の本題には関係しないが、ついでに言うと、〈建築デザインの先生らは文学部へ行ってしまえば良い〉との意見も、有力である。

重箱で有名な例は、三田村鳶魚による時代作家論難であろう。鳶魚は江戸時代考証家として屈指の存在であったから、高く評価する人もいる。彼は、白井喬二、吉川英治などの作品をこき下ろし、作家たちがいかに江戸武芸の実態に無知であるかを、こと細かに解説した。

ところで最近、由良三郎氏は、逆に鳶魚を批判し、そんなアラ探しが時代小説の観賞に何の意義があろうか、と難じた。作家側の立場では、尤ものようにも思える。しかし一方で由良氏は、専門の医学畑において、毒物・血液型・ウイルス学などを取扱う現代推理作家がいかに不正確であるか、の実例を、多数挙げている。しかもかような「アラ探し」こそ、推理物の高級読者の楽しみに他ならぬ、とまで主張した。その伝で言うと、鳶魚の江戸考証の楽しみと、一脈通じる所がありそうな話である。

江戸文物にも医学知識にも、ほとんど関係のない一般人にとっては、〈そんなものかね〉と感じる程度に過ぎず、腹に応えて納得するとまでは言えぬだろう。こちらに素養がないので、止むを得ぬことである。

万人が知り得て、かつ容易に当否を検証しうるような、日常的事項、を採りあげてのアラ探しでないと、世人を説得しがたいのではあるまいか。

アラ探しが一般に無意味だ、とは断定出来ない。明治三十年前後の文学雑誌「めさまし草」では、鷗外、露伴、緑雨らの匿名批評「雲中語」を連載した。その中で、当時の新進作家たちの作を、ヤリ玉に挙げたのである。匿名だから担当名を公開していないが、多分鷗外による島崎藤村作長編に対する一句一行ごとの難癖は、およそ苛酷峻烈を極め、平成現在だったら人権擁護委員会が立ち上がるべきほどのものだ。

普通の芸術家や研究者は、一般論として、良い処を賞めてやらぬと成育しないのである。ダメにするのは簡単で、徹底的に叩けば良い。凡庸な人物ならば、その時点で抹殺されてしまう。打撃に耐えて立ち上る人間のみが、藤村のような成功者になるのであろう。

「小所低所」が重大となる好例は、校正である。大雑把主義の人が、校正の時だけ心を入れ変えて、例えば致死量〇・一グラムと致死量〇・〇一グラムとを、容易に分別しうるであろうか。校正は、人間のあらゆる行為のなかでも、最も神経を使う仕事のひとつ、と感じられる。大局を掴む大物教授が「本書の校正をやってくれた××君に感謝する」などと後書きに述べるけれど、私などは、自分で校正したほうが手っ取り早かった。さらに、著者自身でないと発見出来ぬ印刷ミスも、結構多いのである。

我流ではあるものの、四十年以上の校正経験があり、校正学校の卒業生に劣らぬ能力はあるだろうと、自分で考えていたが、最近は少し怪しくなって来た。老人になって注意力がかなり低下したためである。一作中に一カ所くらいミスが残ったのに後日気付いたりして、それも他人に判りようもない数値などの部分なので、読む人に申し訳なく思ったことが、一度や二度ではない。

ただし原稿によっては、発行を急ぐ定期刊行商業誌の場合、著者校正を行うとはかぎらぬことを、付言しておきたい。

表面が大切な時

物体は、表面と中身とからなる。数学に出てくるような立方体の場合は、六枚の表面がいずれも厚みゼロである。しかし現実の材料や製品では、表面層とも呼ぶべき薄い三次元領域を考えねばならない。何処までが表面か、などの論議は面倒になるので、外から見える部分を「表面」と考えておきたい。

材料――ひいては世間一般――では、表面あるいは外見だけが所望の材質であればよく、中身のほうは粗末でよい、極端な場合中身がなくても構わぬ、といったケースは、かなりある。悪い意味のものは上げ底、良い例では省資源が、存在するだろう。

お土産屋の饅頭の紙箱が、昔から上げ底に決まっていたし、うな重の容器も同じである。外見では判りにくく、客に錯覚を起こさせる心理戦術になるのだ。

近年、住宅地で見受けられる鉄平石の門柱も、同類だろう。本当は内部まで鉄平石が水平に重なっているべきなのに、見える部分だけを体裁よく柱の芯に張り付けている。他人に迷惑をかける訳ではないものの、錯覚方式は上げ底的である。

栗羊羹は、中のほうまで栗粒が埋まっているはずなのが、時には表面層のみに薄く切った栗が入っているだけのがある。不正とまでは呼べぬが、初めから知っていれば買わぬであろうから、実質的詐欺にほかならない。上げ底土産のほうが、まだしもマシである。


このようなマイナスイメージ的中身省略とは別に、全く逆のプラス的省資源の例も言及する必要がある。

表面だけが反応に関与する際には、内部の材料は何でもよい理屈になる。骨材―セメント間接着は表面反応であるから、骨材にはバルーン類やフライアッシュなどの、閉じた中空球体が、最も賞用される。コンクリートの軽量化にも役立つ。これが開放中空体になると、セメントを無駄にする最悪骨材、と化する。中実石ころはそれらの中間に位置するが、昔は中空体が造れないのだから、仕方のないことでもあった。

今のは内部材質が存在しない例だが、中身を安上がり物質に変える方法もある。必要な組織が表面だけで事足りるならば、外から見えぬ処を節約できるので、鉄平石式の考案となる。手抜きと思うか省資源と評価するかは、立場によりさまざまだろう。

逆の見方をすれば、安物の上に所望物性の膜でコーティングをする話、でもある訳だ。言うまでもなく表面処理は内部弱点改良を目標とした技術であり、その典型例である陶磁器やホウロウ製品における釉薬の効果は、一石数鳥の見事なもの、と称するべきだろう。汚い色を隠す、中身の機械的強度を補強する、表面に対薬品——対環境も含む——耐久性を与える、で、まず一石三鳥になり、この他に焼物では、積極的釉薬施用をしない備前焼のような特例はあるものの、一般には釉を掛けることで芸術性を高め得る。

建築物のタイル張り、赤レンガ外装も、表面コーティングにほかならない。コンクリート打ち剥き出しの建築が数十年前から流行し、今も続いているけれど、せっかくの表面処理の利益をわざわざ放棄した愚行、としか、私には思えない。

表面のみが機能する、と言っても、材料全体としては、中身も存在しない訳に行くまい。けれども物体の表面だけを洗浄するなどの操作例ではどうか。食器を洗うのに、表面部を薄い水膜で処理すれば事足りるはずである。それなのに、キッチンで相変らず水をザーザー流して茶碗を洗っているが、水資源節約を何とか図れぬものであろうか。工場なら水膜ジェット洗浄操作をやれるだろうから、家庭でも特殊水栓を用いれば不可能でなさそうな気がする。

さて今までは物質材料といった科学技術世界の話であったが、人間とか精神界での表面の話題を若干試みることにする。

人間――あるいは人体――において、黒い瞳、口の端の冷笑、社交辞令などは表面であり、願望、情念、深層心理などは中身に属する。

人間の内面は、もともとあいまいかつ不可解で、言葉や行動のみが信じるに足りる。――これがハードボイルド派の基本理念である。従ってヘミングウエイらは外面描写に徹する。

認識可能のものだけを採用する、という姿勢は、自然科学者の特性に近い、と言えるだろう。それだけに、文学手法としては重大な足枷をみずから作り出す、という短所が、ハードボイルドには存在する。

しかし他人の内部に踏み込むべきでないケースは、社会現象として重要、と思われる。むろん表面的でなく心を開いて交際することが望ましいのは、確かである。ところが親しくなり過ぎて、他人の家庭に入り込み、いろいろと内政干渉する過剰親切人間が、必ずいるのだ。その点、善意であればあるほど、被害甚大となる。その点、人間同士の接触表面だけの範囲で社会生活を営むのが無難であるらしい場合も、考慮されるだろう。

表面を見ているかぎり、ひとの外見と内実とは大違いである。内情が火の車で倒産寸前であったとしても、表面は、平静で活気を見せている。これが商人や経営者の節度である。そんな意味では、裏表がなくてはいけないのだ。

表面は人格者、家庭では暴君酒乱などという例もある。表面は高邁な理念人間、現実は言い放しの無責任人間、などもある。ところが人は表面観察結果だけで評価されることが多い。

本当は内実こそ大切なのだけれど、もしも人間社会に表面がなく中身だけだったら、皆疲れ果てて、一日たりとも生存できぬであろう。仮面であったにせよ、皮膜どうしが接触することで、社会の円滑流動をもたらしていることは間違いない。

人間の幸福は、人間の内部にあるのではなく、他人との接触面にしか存在しないのではないか、といった悲哀ないし諦念が、考えられている。例えば芥川龍之介の出世作『鼻』は、それを表現しているだろう。

人生論のような重く大きい話題は、短字数の些論の手に余ることだから、極めて舌足らずの話になってしまった。

ともかく物質、精神両方にわたって、良かれ悪しかれ表面の意義が絶大である、といったような、当然かつ平凡な文末になった。

手帳

この稿の載った号が発行される頃には、来年の手帳が多種類、店頭に出ているだろう。新手帳出現の季節に合せて、過去の手帳類を題材にした、私の個人的印象や要望などを、述べて見たい。

本題に入るまえに、用字の問題として「手帳」か「手帖」かを、考えよう。辞書を引くと、どちらでも同義、のように出ているが、現実には、やや違うのではあるまいか。簡単に言うと、事務的意味の時は「手帳」で、芸術的内容を持たせる場合が「手帖」となるらしい。作品タイトルに用いると、「舞踏会の手帖」などがそうであるように、大概「手帖」となる。その点が、「職員手帳」のたぐいと一線を画すところである。『暮しの手帖』などに見られるとおり、実際の物品としては、手帳サイズでない雑誌そのもの、になっている例もある訳だ。

右は一般論なので、例外も存在する。『Kの実務手帖』という「手帳」が市販されているが、作製者K氏は作家であり、またこの手帳自体よく練られた作品ともなっている。そのせいで、「手帖」と命名しているのかも知れない。

ここでは事務的手帳の話をするのだから、「手帳」で統一する。

手帳とは、むろん一月から始まる一年間のことを記入する「年次手帳」を意味する。四月からの「年度手帳」があっても、一向に差支えはなく、四月事業開始人種にはそのほうが便利かも判らぬけれど、月がずれるだけで大したメリットはあるまい。

使用中の手帳は、格別な貴重品である。多少の札束などよりも重要であるのは、無くした場合を想定してみれば判る。お金とか原稿類ならば、補塡が不可能ではない。ところが手帳に関しては、コピーを作っているのでなければ、紛失は一大事となる。消失に至らぬまでも、高齢痴呆化して何処かに置き忘れ、慌てることもある。

現実問題として、明日以降の行動が出来なくなってしまう。またプライバシーが凝縮しているから、他人に拾われると、弱身を握られて面倒になることもあろう。

私は、手帳を、未来予定簿としてのみ、利用している。むろん過去記録帳にすることも出来るので、年次手帳に日記をつけた作家たちの展示遺品からも、それは明らかである。

自分の行動業務日誌を、どの程度詳しく書くかは、その人の性格に左右されるであろうが、私自身の習慣では、記録帳とするには、普通手帳ではスペース不足となり、使用困難である。予定である以上、来年やそれより後のスケジュールも、日々刻々と増加して来る。

私は毎年十月ごろ、大手の店へ行き、新しい手帳を一冊買うことにしている。十二月に会社や信用金庫からくれる手帳を活用するならば、わざわざ買わなくても済むのだけれど、実際には、年末まで待っていられぬのである。九月か十月になると、来年の手帳に記入するべき事項がかなり多くなるのだ。本原稿を書いている八月中旬現在で、手帳書き留めを要する来年次予定を数えてみたら、六十件強はあった。第一の人生の時は、もっと多かった、と思う。

それ故、秋から年末にかけての時期には、今年と来年の二冊をポケットに入れて会合に出席し、次回の日取りなどが決まると、新しいほうに書き入れる。

もちろん今年の手帳のなかに、来年以降の予定欄が、設けられてはいる。私の使っているT社製作のものには、一か月一ページの割合で来年一月から三月までの欄が、従来はあった。「あった」と言うのは、九五年版から改悪されて、来年一年間分二ページに減ってしまったからである。一日分約三十平方ミリのスペースでは、何も書くな、というにひとしく、無地空白ページにしてくれたほうがマシである。

また、来年の初めの小スペース部分が、本来の主要パートである今年の前に付いている手帳類が多い。これはページ逆転操作を要求する結果になるのだ。時間の順にページを追って行けば簡単なのに、なぜわざわざ複雑にする必要があるのだろうか。

そのような意味では、『Kの実務手帖』は合理的で、間然とするところがない。九四年版について見ると、前年十一月から始まり、本年の十二月の次は、来年の一月から六月までの前半年分が月一ページずつ付いている。またページ順と時間順とがほぼ一致している。来年四月以降も若干欲しいものだと、私はかねて思っていたので、K氏の作はそれを適えている、と言える。

欲を述べるならば、来年前半部六か月で一ページ、再来年・その次の年・これより後、の三種に各一ページずつ、の欄があると、大変有難い。

三年後の国際会議の日取・場所が決まったのを、手帳にメモしなければならぬ。生命保険の満期などのような、大分先の予定も、書き留めておかぬと忘れる。一九九九年七月に宇宙カタストロフが来るとの大予言者の説も、手帳に付けておくなら、当否を検証出来るだろう。

仮りに未来スケジュール欄がない場合でも、手帳末尾の空白メモ欄に、適宜自記すれば良いので、私は大体そうしている。だから融通の効くメモ欄のページが多いほど便利になる。

手帳のサイズや厚みも、毎日使用する物品であって見れば、選択する上でゆるがせに出来ない。大部分の手帳のサイズを標準型と呼ぶとすれば、それでないとポケットからの出し入れがやりにくい。『Kの手帖』は縦が標準品よりかなり長目であること、記事中に「すすめるうまい店」などの余計な（と私に思える）情報が沢山入って部厚になっていること、の二つだけが欠点、と言えば言える。

逆にサイズが小さすぎる手帳は、その分だけ記入スペースが狭く、役に立たない。毎年「職員手帳」の交付を受けていたが、以前は小サイズだったから、使わずに捨てていた。現在のサイズは標準型になり、その点は改善された。しかし送付時期が遅いので、先に市販手帳を買ってしまう。省資源に反する勿体ない結果になっていることには変わりがない。

年ごとに工夫改良を加えている手帳も少なくない一方で、惰性で毎年同じものを作っているとしか思えぬ種類もある。後者は、会社などの手帳に多いようである。利用者の立場に立って製作してもらいたいものだ。使用者のコメントは貴重な情報になると思う。本稿なども、偏向した特殊意見かも知れぬが、事実認識が間違いでないかぎり、参考になるはずのものである。

喫煙・禁煙・非煙

昨年の一時期、私は、動脈硬化のため左脚が血行不良になって、医師から喫煙不可を申し渡された。しかし私にはもともと喫煙の習慣がないので、禁煙すれば病状回復する、といった手を打つことが出来ず、著しく不利であった。従って平素喫煙すべきである——とは、内田百閒発明の論理であるが、ともかく私は、禁煙の代わりに血管拡張剤を処方してもらった。

ひと口に禁煙と呼ぶにしても、煙草をやらぬ人には、次の3種類があるだろう。①生まれてから一本も口にしたことのない人、②喫煙が身につかなかった者、③喫煙者からの転向者、である。私の家人は①の部類に属し、私自身は②になる。学生の頃ちょっと吸っただけに過ぎない。同僚であったH教授は、一本吸ってみて目を回し懲りて止めた、とか言っていた。私にはそんなことはなかったが、ぜひ吸い続けたいとも思わず、何となく中絶してしまった。

アルコールの場合は、パーティの「乾盃」とか、レストランでの「取り敢えずビールを二本」とか、のような機会が多く、あまり飲まないと、付き合いの悪い話せぬ男、という評価になり勝ちである。煙草だって飲めぬことはないけれど、「乾服」とか「取り敢えずピースを二箱」などの慣例は世間にないのだから、煙草の必要性は存在しない。

交渉や論争の折りに、自分の心の動揺を閉じ込める技術、としての喫煙の効用を認めぬ訳ではない。また退屈な教授会等での時間つぶしや、会議で口を開かずに済むなどのメリットもあるだろう。とはいえ、だから喫煙が望ましいとするのは、あきらかに飛躍になる。

ここで「禁煙」の語に、いささかこだわってみる。禁煙とは、煙草を吸いたい人、吸っている人、にストップをかけて止めさせる、の意味があるだろう。喫煙者に禁煙を命じるのは、おかしいことではない。しかし最初から喫煙していない人は、禁煙出来ぬはずだ。あたかも死んだ人が死亡できないのと、同様である。屁理屈を言えば、さきの①、②の人たちは「禁煙席」に座れないはずになる。

それならば、何と言えば良いのか、と貴方はお質ねになろう。私は「非煙」と呼んだら良かろう、と答えたい。「不煙」でも同じだが、不縁のようでまずいから、非煙とする。

私は、新幹線や航空機などの予約のさい、大てい禁煙席を指定する。隣の人の煙がこちらの顔に触れるのは、厭だからである。余談になるが、禁煙車の座席には灰落しがなく、私は鉛筆の削り屑を入れる癖があったので、それがなくなったのは、私個人にとっては不便となった。そこで灰落しに入れるのは吸殻にかぎる、という固定観念をやめて、多目的に使えるところのミニ屑入れ、と考えてもらいたい、と希望する。

禁煙車などと呼ぶと、喫煙が人間本来の一般的状態で、禁煙のほうが特殊行為、といった印象を受けるのだ。ところが、喫煙のほうこそが特別行為であるはずなのだから、そもそも禁煙とか非煙と言う必要もないことになる。名無しの席で充分である。喫煙者のみを隔離して、喫煙室に収容すれば良かろう。

喫茶店があるのと同様に、「喫煙店」を開設するべきである。話はちがうが、昔の日本軍隊では食事の時、「喫飯始め」と号令したそうである。だから大衆食堂や一膳飯屋が「喫飯店」となる。目的の物を飲食あるいは服用したい人が、喫茶店、喫飯店、喫煙店に、おのおの入れば良い訳で、行くのが面倒なら止めるにかぎる。

私が週に一度行っている某大学の講師控室では、講義から戻ってくると、時に煙がモウモウと立ち込めていた。煙嫌いの先生もいて窓を開け放ち煙を追い出していたが、私は窓から夜風が入ると風邪を引くので、なるべく開けたくない。そんな方法よりも抜本的に禁煙にするべきで、吸いたい人が外へ出れば良い。――そんな意見を、授業担当教授に申し出たところ、教授の会議か何かで相談した結果、〈喫煙者の人権も尊重されるべきである〉といった珍妙な理由で、私の提案はボツになった。そこで今度は事務長に会い要望を話したところ、春休み期間中に模様替え工事が行われ、部屋の中に「喫煙コーナー」が新設された。従来の部分が非煙室となった訳で、大いに有り難かった。右の事実から判るように、この大学では、事務室はまともで進取的なのに対し、教授連中のほうが依然としておかしいのである。

他者の出す煙が、当方の健康に悪い影響のあるのは当然として、それよりも、同じ資格の他人同士の間で、一方が無神経に煙を吐き散らし、他方はそれを甘受せねばならぬところの、上下支配関係が成立する、という構図の恣意的成立のほうこそが、重大であろう。

K大のS教授は、私が訪問して話をしていると、自分の部屋にもかかわらず、必ず「煙草を吸って宜しいですか」と、許諾を求める。このような節度ある人がごく少数なのは、残念なことである。

もちろん人間は身勝手なもので、特殊な関係にある美人がすぐ横で煙を吐いているのはイヤでないかも知れぬ。しかしそれは特例で一般の他人なら、先方がマインドするかどうか尋ねて見なければ、わからぬはずだろう。先日TVのニュースを見ていたら、次回のアトランタオリンピックでは、会場を全面禁煙にし、煙草の販売も行わない、などを決めたそうである。私の性格として、世間で流行するものは一般に嫌いであるけれど、このような傾向の流行なら、歓迎する。

煙草のことで、以前から今ひとつ気になっている点を述べたい。それは女性の喫煙についてである。現代では、喫茶店に入った女性は、大てい煙草をくわえるようになったが、むろん煙草が好きなのは本人の自由である。しかしヘビースモーカーの女性で、皮膚老化が甚だしかったり、障害児を出産したり、の実例を、私は多く見ている。一方、煙草を指に持ったり煙を吐いたりするのが魅力的に見えるだろうから、それを止めさせる訳にはいかない。だから少なくとも出産終了前の女性は禁煙するのでなければ、無害の煙草を服用するべきではなかろうか。服用と言っても、自分で作るのは不可能で、また何かの繊維物質を粉にして紙に巻いても不味であろう。この点は、日本たばこ産業が、無害無益の——出来れば無害有益の——女性用煙草の葉を研究開発する責任がある、と思う。包装デザインの工夫などより、このほうが大切ではあるまいか、と感じた。尤も専門家から見れば、そんなものは煙草と呼べぬかも知れないし、また差別になる恐れもあるだろう。

気象情報

今年（一九九五）は、梅雨が長かったり、猛暑記録が連続したりした。九月には戦後最大級台風が関東近海を通過した。大地震も頻発して、地球全体にわたって異常天候化の様相を見せている。毎日の気象情報が、従前にも増して生活に密着する大事のもの、となって来た。

今回は、ＴＶ放映の気象情報を、東京都区部での視聴者の立場から、批判して見よう。とくに、我々から放送受信料を徴収しているＮＨＫの気象情報を、対象とする。

気象情報は、天気予報と称したラジオ時代からずっと続いている。年度とか季節の変り目には、内容改善が施されて来たようだ。

いきなり具体的事項に入るけれども、午後七時直前の気象情報（以下「予報」と略記）は、今年の三月末までは、土日の両日にかぎって、あすの夜の降水確率を言わなかった。土日の夜遅くや平日には、午前・午後・夜の三種を報じていたので、なぜ抜かす必要があるのか不審に思っていたが、四月以後はその不備が解消された。
この時の大きな変化は、予報開始が五時過ぎに早まったこと、「きょう一日の一時間ごとの天気の移り変り」（七時四三分）が報知されるようになったこと等で、有難い改善であった。

一方、昔からあまり変化していないような、より基本的な重要事項から、採りあげて行くことにする。予報は、TVの送り出す情報中で最重要なもののひとつと思われる。私など、他番組はろくに見なくても、予報だけは、在宅するかぎり、必ず見る習慣になっている。

ところが、予報の放映される時刻が何時と何時であるか、という肝心のことが明示されていない。新聞朝刊三日分の例を述べると、一〇月一四日（土）、一五日（日）、一六日（月）に、それぞれ九回、八回、五回ずつ、「天」が出ているが、それらのうち時刻が明確なのは、土日の各十一時五五分だけで、平日にはゼロである。

毎日やっていれば経験上判るはず、との暗黙の諒解なのかも知れないが、平日と土日とでは予報スケジュールが異なってもいるし、要するに視聴者に見せる目的にしては、極めて不親切なのだ。TV欄のどこかに、当日の予報放映時刻一覧を載せてもよいはずである。

本来はTV番組中の朝か夜かに、予報全体の予告を出すべきであろう。

予報時刻と言っても、それが常に一定であるものと、数分内の範囲で毎日変動するものとの、双方がある。午後六時五三分や平日の六時五〇分などは前者、六時一〇分台や八時前後のもの等は後者に、おのおの属する。

ＴＶを見続けていられる人は別として、予報だけを手早く知りたい者にとって、時刻不安定は困るのである。昨日は六時一八分にやったから、と思ってスイッチを入れると、きょうはもう済んでいる、といった調子だ。前後のニュースの内容種類に影響されるのであるらしいが、格別の緊急重大ニュースでないかぎり、一分間くらい中断して、予報を定時にやれぬものであろうか。朝急ぐ人が見損なうように仕向けている、と思われても仕方がなかろう。

次に予報の内容順序について触れたい。内容の主体は、ほぼ①全般過去、②全般予報、③地域予報、④地域過去、⑤週間予報、⑥世界の天気、のようである。

ただし、①~⑥が全部行われる時はなく、どれかが省略される。必要に応じ、台風情報とか花粉情報なども加わる。「過去」とは、今後の予想ではない過ぎ去ったデータのことで、職業や専門によっては過去情報も必要であるだろう。

しかし大多数の人間にとっては、今後の予報だけで足りるのではなかろうか。例えば平日六時二八分の二分間放映は本当の「予報」だけであるが、私にはそれで充分である。

右の①→⑥は、論理構成が〈歴史→総論→各論〉であるところの、学会や講演会の発表スタイルに他ならない。叙述体系の均整性という意味では、文句の付けようはないのである。とくに午後六時五三分などにその感が強く、気象学会の報告会のように見える。しかしこの予報の目的は、視聴者の便宜のためにする情報提供である。だから、大多数の人間に必要な事項を優先し、専門性のことは後のほうでやれば良い、と思う。

私の考えでは、時間順序を③→②→⑤→⑥→①→④のようにするのが望ましい。もちろん緊急警報や普通警報があれば、③の前に持って来ることになる。許容放送時間幅の点があろうから、適宜カットすれば足りるが、③、②、⑤は常時必須でなければならぬ。

さらに、地域予報の③の内容を検討しよう。aきょうの天気、b今夜の天気、c降水確率、d予想最低温度、e予想最高温度、f風と波、g注意報・警報、の順序になっている。dのみがない朝の予報を見ると、五時台の時に「朝の支度を急いでいる方のために」と言っているが、身支度の順序を考えるならば、下着を選ぶのが先で、傘を持つのは後になるだろう。従って最高温度が先で、降水確率が後のはずである。予報時間がどうせ一～二分で済むのだから、こんな順序は問題ではない、とは思われるが、理屈をこねればそういうことになろう。天気と言うと、どうしても晴とか雨の話になるけれど、人びとに風邪を引かせぬためには、むしろ最高温度——冬では最低温度——のほうこそが重要である。

右の事情から、早朝での各地予報の順をe↓c↓a↓b↓f↓gにすると、一分一秒を急ぐ人にとり、少なくとも理論的には、より便利になる。むろん昼や夕方は、一般に余裕をもって身支度可能だろうから、その限りではあるまい。

昼という点だが、次のことを指摘しておきたい。正午直前の予報では、必ず今夜と明日の各予報を言う。なぜ「きょうの午後」を飛ばすのだろうか。午後から外出する人は無視しても差支えない、と考える訳ではないだろう。現に私は、午後から所用のある日が少なくないのだ。

週間予報についても、問題はある。国内旅行のさい、週間予報は貴重情報となるが、これが、案外粗末に扱われているのだ。週間だから一週間分を見るための時間が必要なのに、それが充分与えられていない。また、同じ予報時刻でも日によって、週間予報の入る時とやらぬ時とがある。午前中ほとんど存在しない時もある。週間の温度も数字化してくれるほうがよい。

その他細かい「重箱の隅」式の話を持ち出すならば、この紙幅の三倍くらいのスペースが必要になって来るので、あとは省略するが、要は、視聴して身支度をするはずの受信料支払者の立場で考えるなら、要改善点はまだいろいろと存在する、という点である。

「日記学」の話

年が改まる時、新しく始めようと決心する事項は、いろいろあるだろう。日記などは、昔からその随一に数えられる。市販当用日記を買い、付け始めたのは良いが、三日坊主に終った経験を持つ人が、少なくあるまい。

日記に関して問題となりうる事柄を、以下に考えて見た。私的考察に偏しているから、「日記学」は大げさかも知れないが、タイトルを変えるのも面倒なので、そのままにする。

日記という呼び名　戦中派以前の年代の人は、「日記」と聞くと、ロングセラー『三太郎の日記』を思い出して、あのような人生論思索を書き続けねばならぬもののような固定観念に陥る。それが、三日坊主の原因かも知れない。メモ、用務日誌とか「おぼえ帳」などの名のほうが、気軽にやれるのではあるまいか。私自身は日記と称するのが嫌いで、「MEMO」（横書き）としている。ただし本稿では混乱しないために「日記」で統一しておく。

日記は何に書くか（容器の問題）　齋藤緑雨が『おぼえ帳』で言っているように、紙を十枚ばかり綴じて、それに書いても良いのである。裏が書ける不要広告を用いれば、省資源にもなろう。私はA5判の大学ノートを使用している。冊数が多くなるから、表紙にナンバーを付ける。市販品のハードカバー日記本を買う人がおそらく多いのだろうが、後述の事情で、私は一度も使ったことがない。

日記を書く目的　人によりさまざまであろうから、規定出来ない。事実と考察とを分ければ、私は、時には感想を記すのもあるけれど、ふだんは日常生活上の事実だけを書いている。いつ誰に何を頼んだか等を、正確に記録しておかぬと、後で困るからで、要するに業務日誌に過ぎない。しかし、そのほうがむしろ必要でもあり、簡単だから三日坊主にならずに長続き出来る、と思う。行動の反省や哲学的省察も、重要には違いないけれど、それを昔書いて後年読み返すと、赤面すること請合いである。

日記を書く分量　市販当用日記は一日分スペースが原則として一ページしかない。天候、気温、受信、発信の欄があるが、天候気温は良いとして、受信と発信の両スペースが極めて狭く、相手の人名程度しか書けない。発信事項であっても、昔と違い今は純粋郵便物だけとはかぎらず、電話・FAX・メッセージ（むろん面談も含む）など多種類があることを、考えねばならぬ。日記の本文のほうも、三行で済む日もあれば、数ページ必要となる時もある。白紙やノートなら融通無礙で便利なのだ。答案用紙や確定申告書の場合とは訳が違う。

日記は何時ごろ書くか　年を取ると、昨日のことも簡単には思い出せぬ始末である。また些細なものまでいちいち記憶するのは、受験生でない以上、無駄に決まっている。その日のうちに記録すべきであろうが、私の経験では、帰宅してひと休みしてから書くのが、時刻的に最適だ、と考えている。夜更けに眠気と格闘しながら書くと、意味不明の文言が時に生じるが、それは私だけであろうか。旅行先から夜おそく疲れて帰った折も、無理だろう。そこで、仮りに午後九時に日記帳を広げた、としよう。すると、それ以降の夜中に重要事件――誰が死んだと言うような――が生じると、改めて追記しなければならない。

記載事項の種類　天候や受信発信という種類には、特に問題がない。本文に書かれるべき内容については、次のような種類が考えられる。――勤務先でのこと、外出先でのこと、家庭内のこと、知人親戚のこと、仕事上のこと、趣味のこと、旅行出張先のこと、海外旅行記録、反省感想アイデア批判悪口、社会上のニュース、等々。何処まで詳しく記すかは、書き手の性格や必要性に左右される。

記載のスタイル　手紙や作文のスタイルで書くと、あとで検索するのに多少不便だ、と思う。そこで私は、前項に示した項目ごとに、勤務先は○、外出先は△、個人家庭のことは▽、一世間一般は□、等のような印をつけ、項目ごとにすべて改行する。ふだんは黒ペンで記し、一泊以上の旅行出張の記録は青ペンを使う。また、友人の死亡記事などの新聞切抜き、美術展の入場半券、何かに出た自分の本の書評などのような特殊物を、貼込むことがある。海外旅行時には、別冊ノートを用意して、それに書き込んだ。――以上は、私個人の方式を記して見たまでで、偏っているかも知れない。

記憶かメモか　記憶だけに頼って日記を付ける人も多いだろう。私は、硬質の紙片をカバンかポケットかに入れて、絶えずそれにメモしている。すぐ忘れそうな数値や用件を立止って書くので、交通の邪魔になるのでは、と同行の家人に叱られることもある。夜になって、来信物と一緒にそれらのメモ数枚を見ながら「ＭＥＭＯ」を書く。一種の編集作業がその時必要となるのである。

日記を法律的に見ると　私が中学生の頃、日記を書いたノートを担任に提出することが義務づけられていた。社会人になれば、日記は義務の作業でなく、本人が勝手に書いているに過ぎない。もともと無くても良いものだから、無理に提出させられる義務はない。――と思う人もいるかも知れない。しかし弁護士に教えてもらった所によると、日記は著作物として私文書に属し、それの存在が判明している時裁判所が提出を命じたら、それに従う必要があるのだそうだ。提出を拒否すると本人の不利益になる、との話である。それゆえ逮捕されそうな人にとって、日記の存在は危険、ということになる。吉田茂元首相は官憲による逮捕押収を恐れて日記を付けなかった、と言われる。同氏の日記が残っていれば、日本政治史上貢献性大であったろうに、残念、と言わざるを得ない。むろん後日に備えて、改ざん削除したり時には嘘を書いたりすることは、可能である。一般的にも、ひとは都合の悪そうな記録を残さないであろう。鷗外の独逸日記に、当然載るべきエリス事件が抜けているのは、そのような例、と思われる。

日記保存物は将来どうなるか　日記を処分することは何時でも出来るが、去年どうだったかの確認とか、回想録を出すときの資料、などのために、絶えず参酌せねばならぬ。軽がるしく廃棄は出来ない。本人が丈夫で生きているうちは良いが、寝たきり、痴呆症、急死などが、何時起らぬとも限らぬ。その時、日記はどうなるのか。有名文学者なら、遺族が保管し後世の展示会に出品するであろうが、一般凡人のそれは、ゴミの山であり、狭い家の中では保存困難であろう。五〇〇年経てば史料価値が出よう、とは思うものの、現実には、燃えるゴミにせざるを得ない状況は、避けられそうもない。

採点の季節の中で

一年を通じて何月が最も忙しいか、と質ねられたら、大学教授ならば、二月と答えるだろう。

年度末はむろん三月である。しかし実質的な学年締めくくり行事は、ほとんど二月に集中している。なかでも最大の労力を費やすのが、マスプロ大学における期末試験の採点と成績評価に他ならない。

私の長年いた大学は少人数教育を特色とし、学生定員は極めて少なかった。期末試験答案がいつも三〇枚前後であったから、採点に充分な時間を掛けることが出来た。ところが今も兼務している私大のひとつでは、同じ講義を二回やらねばならぬほど人数が多く、学年試験の答案は三〇〇枚前後に達する。語学の先生にくらべれば枚数は少ないかも知れないが、他の私大の試験時期とも重なってしまうから、トータルの採点量はもっとふえる。

私の専攻の関係で、入学試験の採点はやったことがないけれども、入試の場合、何千枚も見るかわりに、採点の手数を節減出来るように、解答形式が工夫される。また入試でない普通の学年試験においても、数学・材料力学・電気理論などのような科目では、解答が数字や記号になることは、おかしくない。

ところで私は、担当する科目の性格にもよることだが、虫食い問題や数値計算が嫌いである。計算のための計算に過ぎぬような設問は無駄、と考えている。いきおい説明問題を作ることが多い。その結果、採点作業はより面倒となる点は、止むを得ない。

試験の翌日ごろに、答案の束が自宅に配達される。すると、とたんに日常生活が変質する。他の緊急用件類は後回しになってしまう。こんな時校正刷が飛び込んだり、誰かが死んだりすると、一大事なのだ。何事も起こらぬよう神仏に祈るしかない。

その理由は、採点および評価提出が極めて急がされているからである。急ぐべき要因は二つ挙げられよう。ひとつには、試験後数日以内に点を報告せよ、との教務課の要求がある。第二に、同一気分の時に一挙に採点を遂行してしまう必要がある。

時間を長くかけて採点をしていると、途中で精神的および肉体的条件が変動することもあり、判断力に影響して、不公平が生じるのは、まずいのである。だから私は、まず精神を統一したうえで、猛スピードで採点を行っている。

採点結果をリストにし、それから評価を決めて行く。その工程のほうも、私の場合けっこう時間を食う。出席点を加味し、再試験の学生には既往実績賃を与える。何かしら書いた全員に受験手間賃を給付したこともある。そして評価原案を求め、不公平発生を消去するべく、何回も検討を加えたすえ、評価決定一覧表を作成する。

どこの大学でも、優・良・可・不可の各点数範囲は決まっており、ほとんど同じである。八〇点以上が優、五九点以下を不可とする。ところが、現実の答案素点を、右の基準に当てはめると。大部分の学生が不可になってしまう。それゆえ、先述のような下駄履操作により、学生を救う必要が生じる。優や可の単価を下げる場合も多いが、そこらへんの作業は、教員個人のノウハウ的企業秘密であるから、公式には言うことが出来ない。

素点のままを評価報告出来るならば、最も簡単で、教育上も有益だ、と思われるけれど、それをやるには、まずわが国の大学教育や就職システムを根本的に改定してからでないと、駄目である。

私の義弟に応用物理学の技術者がいて、以前某私大で講義していたが、試験成績の余りの劣悪さに立腹して、辞任してしまったことがある。彼の気持には私も全く同感するけれど、そんな行動をしていれば、何度辞職しても追いつかぬ結果になろう。幸いに近いうちに、非常勤停年制に沿って自動的に解任される予定である。この稿が誌面に載る頃は、ちょうど私の経験上最後となるべき大量採点の赤ペンを動かしている最中のはずである。

最近採点をしながら気の付く点は、学生が日本語を理解する能力、あるいは日本文を書く素養が、一般的に見て極度に低下している事実である。ドイツ語とか難解文芸評論などならば、解らぬことも有り得ようが、ごく普通の日本文が理解出来ないとは、不思議というほかはない。

例えばある年度の学生は、「定義」と「説明」との区別が判っていなかった。また私は、用紙の裏面まで使う者に対し、必ず縦に裏返して書けと指示するのだが、それを理解出来ぬ人が必ず存在する。

説明の文を書かせると、幼児が何か言っているような文になる例も少なくない。昔はこんな現象は、まず見られなかった。漫画を読んで奇妙なオノマトペばかり学んだり、週刊誌の特集記事によくある酔漢がクダを巻くごとき文を読んでいると、まともな文章を理解しかつ書く能力が、減退するものと見える。

せめて普通の日本語が書ける人間だけを、入学させるべきではないのか。大学入試以前に問題がある、と思える答案が、余りにも多いのだ。

答案用紙内に学問と関係のないことを絶対に書いてはならぬ、と予め注意している。それなのに、答案の下の方に〈ぜひ単位を下さい〉などと書く例が絶えない。

曲りなりにも学問であるなら、演芸を聞く心掛けとは違うはずだ。と思うのは、当方が時節遅れになっているせいに違いない。

答案採点や学力査定を行うのは、自分を棚に上げて他人に評価を下すことにもなる。これは教師たる者の宿命に他ならない。それが不都合ならば、教師の勤まる人はほとんどゼロになってしまう。

学生の成績が悪いと言うならば、教員たるお前のほうこそが、悪い講義をしているためではないのか、と反問された、とする。それに対し、自分の講義のやり方は申し分なし、などと公言出来る無神経教授は、多くはあるまい。むろん自分がダメ教師であると積極的に言うつもりもないだろう。学生自身による教官査定をやるべし、との方向が検討されているけれど、日本語も満足に出来ぬような入学者に、教授自身を評価する能力が、そもそもあるのだろうか。そこらへんの事情も、確かめたいものである。

未完成なるもの

シューベルトの交響曲第七番ロ短調が第二楽章までで中絶しているのは、誰でも知っている。しかし自筆譜面原稿には、第三楽章の冒頭部分が僅か残されているそうである。かなり前のTV放映の「未完成」で、第三楽章の現存部分をピアノでポツンポツンと紹介したことがあった。めったに聴けぬ珍しい番組だった。むろんそんな箇所は、音楽会にては省略せざるを得ない。

作曲家が何で未完成のままに放置したのか。往年の映画「未完成交響曲」の主題となったようなロマンスは、むろん創作であるから、真相は散文的事情に違いなかろう。

それにしても、完成しないこと自体がトレードマークになった特殊待遇の芸術作品は、「未完成」をもって唯一無二の例とするのではあるまいか。シューベルトの伝で言うなら、『カラマーゾフの兄弟』やわが国における漱石の『明暗』だって、〈未完成〉の標題で刊行しても良かったろう、と思える。

「未完成」は、極端に言えば第二楽章ひとつだけでも見事な完成品なので、「未完成」の名で歴史に残っている点自体が、そのようなことの証明になっている、と言えよう。

ひるがえって一般用語としての〈未完成〉を考えると、それは、未熟・中絶・尻切れトンボ・期限内未終了などといった、マイナス評価につながってしまう。

旧制高校時代の同級生に音楽好きが何人かいて、卒業の頃には「未完成交響楽団」なるサークルを結成し、私的コンサートを開いていた。シューベルトのもじりと、演奏技術が未完成である意味との両義にかけた命名であった。何時まで続いたかは、私は聞いていない。

芸術作品が未完に終るための条件として、長編小説・新聞雑誌連載物・交響曲などのような、多少とも長目のものであることを、最低必要とするだろう。俳句だったら、出来たか出来ないかの違いのみで、未完成という結果は生じないのである。一般に辞世の句や和歌でさえ、作品自体としては必ず完結している。

未完成になる事情を、左のようにいろいろ考えてみた。小説の場合が最も判りやすい。

①作者の死亡——病死・事故死・自殺など、②作者自身の意志変化または意欲喪失、③創作

力減失、④作者と発表機関側との対立または作者への外部圧力、⑤発表機関の消滅――廃刊倒産など、⑥その他のもの。

①の例＝「金色夜叉」、「明暗」等。

②の例＝鷗外「灰燼」、芥川「邪宗門」、亂歩「悪靈」等。

③の例＝久保田万太郎は一時期創作力がなく、一日一枚ずつやっと書き進めていたが、三十枚になった処で未完になってしまった。中絶稿をもらって帰社した係に、出版社長が「またみかん船か！」と怒鳴りつけた（小島政二郎の文による）。

④の例＝新聞連載中の坂口安吾「花妖」は、新聞首脳部の意向で中止させられた。谷崎の週刊誌連載「鴨東綺譚」は、モデル側からの苦情により中絶する。

⑤の例＝安吾「復員殺人事件」等。

次に多分⑥に分類出来るところの、未完かそうでないかの判別の付きにくいケース、があろう。作者の意識としては続ける予定であっても、外形的には終了している場合である。毎号読切り連載といった例が、これになる。

小説や楽譜だと、完成したか未完成かの区別は、一般に容易だろう。それに比べると、研究とか研究論文の場合、完成という現象が存在しないのが普通である。つまりそれらの多くは未完であり、世間的に目立たぬので見逃されているに過ぎない。

研究というものは、開始は簡単であるのに対し、終了させることは困難である。研究者の意識として〈これでもう満足だから終りにする〉と思うことは、一般に有り得ない。数式の計算とか推理小説の立案構想執筆のようなタイプの作業とは、異質である。最初に構想があって結果に向かって進行させるという仕事は、研究と呼べない種類のものだ。

尤も研究者の性格にもよることではある。格段の優秀人間とか特別の無神経幸福人間のみが、〈自分の研究は完成した〉と宣言できるであろう。私自身はそれらと反対で、若い頃から本業のテーマに何時までもこだわり、第二の人生に入って仕事が捗らなくなってからも意識の上では研究を続けている。死亡や寝たきり化等によって、やっと中絶するだろう。気分転換を自在に行える人は、たとえば停年退職後は過去を捨てて一〇〇パーセント趣味に生きる方向に転換する、といった例もあるが、それだから研究が完了した訳ではない。

研究論文は、今では読み切り的独立タイトルで発表するよう義務づけられている処が多い。だから似たような題名が連続して発表される。昔は「何何に関する研究（第何報）何何について」式のシリーズが普通であった。従って誰は第何報まで書いた、といった評価が簡単に行い得た訳である。

論文を書き続けていると、要検討事項が増大し、しまいにはテーマ自体が細胞分裂して、若い人達に引継いでもらうことがある。自分の研究という意味では、その色彩がうすくなり、弟子とか他人などの仕事として変質する。

ひとが学会誌に提出し掲載される研究論文に関し、ある特定の著者のシリーズを注意深く追跡するなら、その発表密度が低下して行き、何となく未完になっているのに気付く、といった例が多いのである。

途中で疲労して休息すると、それ以前の飛翔意欲が減衰しがちである。研究発表や研究活動は、ジェット機で飛んでいるようなもので、噴射を止めればたちまち落ちてしまう。意識上では続けたくても、そのエネルギー源がなくなれば、おのずから未完にならざるを得ない。

ともあれ研究や研究論文では〈未完〉と書く習慣がないので、その点、作家や作曲家のほうが、作品の結末を世間のきびしい眼にさらしている、と判断して良かろう。

さて本稿は一年間の連載が終ることになったが、何処で何時終っても差支えない形式であるから、未完といった現象にはならない。

途中で思いついた題材を有効利用して、もっと内容にバラエティを持たせると良かったかも、とは考えている。だから心理的には未完と言っても良いかも知れない。

第三部　夜明けのメモ用紙

男と女の断面図

会議や学会の座長を、永年chairmanと呼んでいた。ところが女性を無視している、との話が持ち上がったため、今はchairpersonと称するようになっている。その伝で言うと、サラリーマンも「サラリーパーソン」と改称せねばならぬだろう。

「男女」や「夫婦」などの言いかたに見るように、つねに男が先で女が次席なのも、受取りようによっては、男女平等の趣旨に反し、ひいてはセクハラになるかも知れない。しかしべつだん差別を意図して言っている訳ではないのだ。

戦前の双葉山全盛時代に、長身で武骨な風貌の「男女ノ川」という弱い横綱がいた。また歌舞伎役者に「市川男女藏」がいた。後者を市川ミナゾウと発音した人がいたが、横綱と混同すると、そうなる。女性に敬意を表したとしても、「女男ノ川」、「女男蔵」などといった命名は、成立困難であろう。

女性尊重社会のはずの西欧においても、「ロミオとジュリエット」、「トリスタンとイゾルデ」

のように、「男性名と女性名」は多い。男性優位社会と考えられて来たわが国では、かえって「お染久松」「お半長右衛門」のような「女と男」が少なくないのは、実は天照大神いらいの女性社会であったから、と言えぬであろうか。とにかく同時に発音したり表記したりは出来ないことだから、どちらかを先に言わざるを得ない。

さて人間は、男と女とから成り、その二種類にかぎる。ルーブル美術館に男女両性具有人間の彫刻が何体も展示されているが、あれは、男女平等混在のMFやFMと見るよりもF_Mと形容するほうが適切であり、古代裸像も女性優位を示している。

男と女の正確な定義を私はよく知らなかったけれど、ものの本によると、ヒトのうち妊娠して子供を生むことの出来る性である者を「女」と定義する。そしてヒトのうち女でないものを「男」と言う。これが科学的に厳密な定義なのだそうだ。

この点を考えるに、男の場合、いかにもオマケのような哀れな定義ではないか。従来の男性優位社会の観念とは逆転している。あたかも、固体のうち結晶でない物をアモルファスと呼ぶ、といった定義に似ている。尤もアモルファスがオマケだとは言えない。

女の定義を補足して見よう。「子供を生む性」と断定しないのは、子を生まない場合もあることに基づく。また本当は「生むことの出来るはずの性」と書き足すほうが、より正確になる。

受精受胎細胞分裂の一連のバイオ化学反応において、必須の主原料であるものが精子、と感じられぬでもなかったが、バイオ学者の最近の話を聴いたところでは、受胎現象の主体はあくまでも卵子であって、精子のほうはドアをトントンと叩く程度の役目をなすに過ぎないのだそうだ。ドアの一叩きの刺激によって細胞分裂反応がスタートする。ちょうど昔の真空管式自動記録装置が故障した時、キャビネットを靴で蹴飛ばすと、ふたたび稼働をはじめることが多かった。それに似ている訳である。精子が必須要素なのは確かだけれど、その役割は存外僅かであることが、判明して来た。

そのように判って見ると、子供の発育や教育において、母親の役割が著大であることが、なっとく出来る。そんな点は昔から知られていたことかも知れぬが、さらに再認識されることによって、確実化したのである。亭主が無能ダメ親父であったとしても、女房さえ秀才ならば、子供は一流名門大学に合格することが可能である。子供を生み育てる、という重大責任を女性が担う以上、当然のことではあるのだろう。

このことは、一般論として、男性が大甘のロマンチストであるのに対し、女性が冷徹なるリアリストであることに、大いに関連するのだ。子供を育てる女性は本能的にリアリストたらざるを得ない。女性は、毎日毎日の現時点をリアリストとして奮闘する必要があり、従って過去とか歴史を持たない、という現象を生み出す。それの象徴が、例の「青鬼の女房」のエピソードに他ならない。

以前は夫婦とか相愛カップルであったとして、現在の時点で、男は「昔の縁で付合ってくれても良いじゃないか」と主張する。しかし女のほうは「あの時はそうだったけれど今は違うのよ」と言うのだ。男から眺めると、「風の中の羽のように…」といった不可解な事象になるのである。

約束ごとでもそうだ。「最低五年間は勤めてほしい」、「最長二年間で辞めてほしい」などの条件で採用したとする。女性の場合、その通りになったことがない。「あの時はあの時、今は今」である。日本国憲法を持ち出せば、むろんそんな約束に強制力はないだろう。しかし憲法に書かぬ約束ごとでもって世間は運行している訳である。

私が数年前エッセイ集を出した折、いろんな人に広告チラシを見せて勧誘した。「ぜひ買います」と明言した人達のうち、男性である人は買ってくれたが、女性のほうは、私の知る範囲では、誰も買ってくれなかった。「止むを得ず社交辞令を言っただけなのに、真に受けるなんてアホやないの」と考えただろう。男と女の根本的な差異に思いを致さぬ訳に行かなかった。

就職難の季節がつづいている。企業は、必要最少限の人員を確保して、何年以上勤務して貰いたい、という計画である。二年経った時点で、「あの時は確かに約束しましたが、今は…」と申し出られたら、経営者は困る。そこのところを、不況期就職希望女子学生である者は、充分賢察してほしいものである。

女性自身は、「何時も変わる女心」を当然の自然現象と見做している。契約を守らないで、悪いことだ、という意識がない。むろん良いことと思っていないだろうが。

これは女性本然のもので、責めることは無意味であろう。リアリストである者は、過去の幻想とか無益な約束などにこだわっていてはいけないのだ。女性の政治家に成功した人が多い——なかには変なのもいるが——のは、そのせいではあるまいか。

男女間の危機にさいして、女はいかに肝が座わり、一方男がいかにうろたえるか。漱石の『それから』の終結部は、それを物語って余すところがない。

男性優位社会を作り出したり、セクハラ現象を起こしたりするのは、本質的本能的女性優位性を、男性がごまかし、かつ効力を減殺しようとする抵抗現象である、と解釈されぬことはないのである。

セクハラ問題は、逆用すると、女性にとり鋭利な武器となる。この場合女性が主導権を持ち、また恣意的にセクハラを造出または仮構することが出来るからだ。大下宇陀児の『虚像』のヒロインのように、男性に復讐するためにセクハラを創作するのさえ、不可能とは言えない。

「イヤな目付きで私を見た」などと言われても、そうでないことを検証するのは厄介である。シャルル・ボワイエや長谷川一夫のような目付きならば、女のほうも逆に嬉しいであろうが、目の形のわるい男性は冤罪をこうむる怖れがありうる。駅の女性トイレの前を通り過ぎる時も、ちょっと横を見たりすると危険である。その点デパートや駅のトイレで、左右に分かれる設計や女性用が奥の方にあるものは問題がないのだけれど、女性用が手前にある方式は良くない。至急設計を変えて改造すべきものである。そんな細かい事柄にも注意しないと生活出来ぬようでは、男性が比較的短命なのも無理もない、と言うべきだろう。

「迷惑学」のすすめ

電車に乗っていると、必ず「ルルルル……」という携帯電話の受信音が、聞えるようになった。急速に普及した新種迷惑物の代表である。

人命に関する緊急事項を連絡し合うことなら、止むを得ぬことだ。けれどもすぐ近くで否応なしに耳に入ってくるかぎりでは、非緊急の話ばかりである。先日も、今晩の惣菜の種類を打合せている若い男がいた。そんな家庭の私事を、何で周囲の他人に大声で聞かせる必要のあるのかが、理解できない。また私にとって、車内はエッセイの題材を考えたり原稿を頭の中で書く場所なので、電話声は迷惑このうえないのである。読書や居眠りの人にも、同様だろう。さらにペースメーカー保持の人が困らぬかどうかを、どうやって知りうるのか。

これなどはほんの一例にすぎない。氷山の一角であるだろう。ともかく最近は、社会全体が、他人や周囲への影響が有ろうが有るまいが全く関知せず自分のことしか判らぬ、といった風潮になって来た。戦前戦中派の高年層にとって我慢のならぬことなのだ。無道徳無規律無警察化の混沌状態になる傾向は、宇宙エントロピー増大の自然法則かも知れないが、住みにくい社会になったものである。

私も法律上の老人の仲間になって、気力活力が減退したせいもあるため、他人から受ける物理的精神的迷惑が、非常に苦痛になって来たのである。むろん私のほうでも、今まで気付かずに他へ迷惑を掛けたことは多々あったろうが、その点は今は脇におく。ここでは現在私に感じられる迷惑事項を、いろいろ考えてみた。本当は詳細分類表を作成すべきだけれども、簡単に書く。それだからどうなのか、といった結論は、後段で明らかにしよう。

（A）身体や行動に作用影響がある

A―1　空間、スペース：車内股拡げ、ドラム型横長バッグ、不法駐輪放置、私道公道駐車、公共場所無断占拠占有。

A―2　温度：室内車内過剰冷房。

A―3　機械性音物性：ヘッドホンの「シャカシャカ」、暴走族、油の切れた自転車のブレーキの「キーッキーッ」、店内騒然BGM、携帯電話受信音（上述）。

A―4　動物性音物性：車内大声談話、酔漢からみ声、犬、チリ紙交換や移動販売（A―3に入れるべきか）、授業中学生私語。

（B）精神的に作用影響がある

B―1　時間（余裕のない点で困る）：電話、急に通知されること、急に依頼されること。
B―2　時間（長すぎる点で困る）：来賓スピーチ、総長会長等訓示。
B―3　対人関係（少数例のみ）：人格劣等上司先輩、無礼無神経知人隣人。
B―4　上記A―3、A―4.
（C）経済生活に作用影響がある
低値公定歩合ひいては低金利、消費税。

上例にいれなかったが、次のようなものもある。光物性に関し、人によっては寝付かれぬとか星の観測が出来ない、という例もあろう。また化学物性中の臭気がある。化学者でない一般の人が、化学科の建物に入った時独特の匂いがただようのだそうで、耐えられぬ者もいる、とのことである。ほかにタバコの煙なども挙げられる。

このようにいちいち挙げていると、人生社会全般が迷惑物で埋まってしまう。そうでないものを探すほうがむずかしいほどである。

上述各項はフィクションではない。実例数の大小はさまざまであるが、生起した事件としては客観的事実ばかりである。迷惑として受取るような感覚自体は個人的主観的ではあろうが。

そこで私は下のように考えてみた。

若い人たちは、多分教えてくれる人がいないため自分の行為の影響とか他者の迷惑なるものを、知らないのだ。本来は常識で考えれば悟るべきことであり、学校や親が教えれば済むことだ、とは思える。しかし青少年というものは、親や教師に反抗するに決まっており、指示に対して故意に逆らう。つまりル・シャテリエの法則と同じである。そのように、親や小学中学でも効果がうすいとすれば、大学に入ってまもなく成人に達する年齢で判断力も多少はつくはずの者に、改めてじっくりと「迷惑学」を本式に講義して見たらいかがであろうか、というのが、私のアイデアである。

実例にぶつかるたびに文句を付けても、果して効果が期待できるかどうか判らぬ。また注意して、あべこべに殴られ鼻の骨を折ったりしたら、災難である（私の知る実話）。それゆえ学問の形で系統立てて教えるほうが良いのではあるまいか、と考えた次第である。

大学入学者に対し、最初に「迷惑学総論」とか「同各論」などというカリキュラムを設け、必須科目にするのである。そのほうがパソコン入門や量子力学よりはるかに重要緊急であるだろう。

授業中私語する学生には退席を命じるほどきびしい科目となすべきだが、そんな学生にこそ受講してもらいたい訳である、という矛盾も考えられる。ただしテレビ、ビデオ、実演などを加味すると、面白いだろうから、私語もなくなるに相違ない。

採点評価方法がむずかしい。ある一日の学生の行動をモニターテレビで撮影し、記録を教官が見て採点する、などの方式も考えられぬではないが、そんなことをすると、G・オーウェルの『一九八四年』のような独裁者監視全体主義社会になってしまう。文部省の好みそうな方法だが、自由社会には適合しない。受講出席した全員に点をやっても差支えない、と思う。

次に誰が講義するか、が問題である、迷惑をイヤというほど受け続けた経験豊富な人間でなければ、まず無理である。従って若くとも五十歳代以上、出来れば還暦を越したくらいの年齢の教員が良い。ただし一人前の大学教授のはずであっても、なかには他人の迷惑に気付いたことのない人もいるから、彼らはむしろ受講者の側に入ってもらうのがふさわしいのである。仮りに私が本新設講義を委嘱されたと仮定するならば、学生の側の最前列で受講してもらいたい人を、こちらから指名してもよい、と考えている。

さらに授業担当者にふさわしくない人種もいる、と思うので、それについて説明しよう。大学紛争いらいの過激派教官、その生き残り、それらの同類人間、および最近はやりの人権屋などの偏向学者文化人、などのことである。

現在のような社会の無規律化無道徳化は、先述のように自然傾向ではあるとしても、促進効果の画期的発生源が大学紛争にあった、と考えている。独断偏見であろうとなかろうと、私はそう考えるのだ。紛争いらい二五年以上経過したが、永年にわたる社会現象を考察してみて、そのように判断したのである。余談になるが、大学紛争の経験のない若い人たちに対し、戦後社会史において紛争がいかに重大な影響を与えたかを学習すべきことを、強調したい。

当時多くの大学教員は沈黙していたが、過激派同調教官はその後の有力出版物や偏向ジャーナリズムに登場して、論説著書を書きまくり、洗脳的作用を若者に与えた。ともかく彼らは、不法行為や無法状態を社会的に容認することの基礎を築いたのである。

現在問題になっている公共場所不法占有者の話も、これに関連することで、不法者支援者である学者文化人は過激派の子孫というべき系統に属する。彼らの主張では、無法者の人権は大いに保護されるべきで、迷惑を受ける普通人の人権のほうはどうでもよいのである。そんな「差別」こそ打破されるべきものではないのか。

このような人達に講義をやらせれば、逆に迷惑を奨励する結果をもたらすだろう。それこそ普通人にとって「迷惑」このうえもないことである。

地震にまつわる素人意見

「地震・雷・火事・親父」という言葉は、今では死語になったのであろうか。親父の権威が地に落ちてしまい四項中の一角が崩れた以上、そのようにも思える。しかし私どもの世代では、子供の頃から聞かされ熟知している訳である。私はかつてこの四語についての区別を定義づけてみたことがある。昭和三十九年ごろ作ったもので、後にエッセイ集に収載した。その部分を抽出すると下のようである。

a　最も散文的な自然現象が地震である。
b　最も芸術的な自然現象が雷である。
c　最も芸術的な人工現象が火事である。
d　最も散文的な人工現象が親父である。

上の表現から察しられるように、私は雷と火事とが好きである。とはいえ、倫理的観点を無視した観照による芸術現象と見たうえで火事が好き、という意味であって、何も私が放火魔である次第ではない。親父も一般論としてあまり好ましい現象とは申せない。子供だった自分、親父になっている自分を省察してみて、そういうことになる。避けることの出来ぬもの、という点で、地震と好一対をなす。

地震は、b、c、dとちがって、好いところの全くない嫌な現象である。地震研究でメシを食っている人なら別かも知れぬが、一般人で地震の好きな者はおるまい。ここでは地震の話をしようと思う。

一月十七日は阪神淡路大地震の記念の日である。本年（一九九七）でもう二周年になった。記念日というと、昔は児童が紅白の干菓子を貰って来るような目出度い日が多かったように記憶するが、最近は、不吉なことの記念ばかりである。一月十七日は、夜の熱海の海岸で貫一がお宮を足蹴にする日であって、新派の舞台で貫一が「来年の今月今夜再来年の今月今夜…のこの月を僕の涙で曇らせて…」のセリフを吐く。そのような貫一お宮記念日として永らく人口に膾炙していたが、平成七年以後は阪神淡路の記念日のほうに変わったのである。むろん日付の一致に気付いたまでのことで、両者を同等に対比して被災の方がたを軽視するのではない。失礼があるといけないから、念のためにお断わりしておく。

私は東京にいるので、阪神淡路の時の影響を受けていない。そもそも東京は大正十二年九月一日の関東大震災以後、大地震に見舞われたことがないのである。私の祖父母は、結婚直前の父と共に下谷の根岸に住んでいて、その日大揺れがおさまって直ちに皆で上野の山の西郷さんの所に避難した。浅草の方角を眺めると十二階から火を吹き出していた。十二階は上部が折れて破片がぶら下がり危険になったので、後日工兵隊が来て爆破解体してしまった。それらの話を、祖母は私に何度も、して聞かせたのである。下町は危険、という話になって、多くの市民は先を争って郊外へと移住した。私の一家もその後、当時まだ田舎であった豊多摩郡杉並町大字阿佐ヶ谷に引越し、私はそこで生まれたのであった。

こんな訳で、私は関東大地震を直接知らぬのである。「グラグラッ」とか「ユサユサッ」と来ると、「さてはイヨイヨ始まったか」としばし考えるものの、そのうちに強度減衰して、事無きを得てしまう。それが今までの日常茶飯であった。ことに動作緩慢のうえに機転の効かぬ私などは、ひとたび阪神級の揺れが始まったら、気が動転してオタオタすることになりそうである。

どこの大学でも、地震や地震防災の研究がなされている。私の大学も、建築科の地震研究講座において、起震機というのか、要するに地震発生装置を、製作購入して据え付けたことがあった。試運転するというので、ひとたび作動が始まったところ、空襲で爆弾が落ちた時のように、実験棟全体が「ガラガラッ」と振動し、どの部屋の人間も皆あわてて廊下に飛び出した。

近隣の実験室などは、化学天秤が床に落ちて破損したほどである。何日かのち学科主任会議でも話題にされたが、当時の官僚式建築主任は「何しろ揺らす機械なのだから仕方がない」と繰返すばかりで、ついに遺憾の意をひと言も表しなかった。地震の研究は結構なことだが、他人に驚愕や損害を与えるのが、それほど立派なこととは、私に思えなかった。

現在では、特製部屋を人工的に揺らして中の器物がどうなるかを実験しているテレビ映像をよく見るが、このような研究は有意義で、大いに参考になりそうだ。

液体どうし薬品どうしぶつかり合って接触し反応が起きて、発熱発火する、といったことなども、化学実験室では有りうる。しかしそんなことは、防災心得のある化学屋ならば、予め危険品どうしを隔離するとか、倒れぬようパッキングするとか、の処置をしているはずである。また家庭ではこのようなケースは少ないだろう。

素人である私が気にすることが、少なくともひとつある。それはワンタッチ式着火装置のことだ。地震の時、何かが落ちたり飛んで来たりで、電子式ライターの上とか瞬間湯沸器の操作ボタンの面に、ぶつかるだろう。すると人間がいなくても点火し、ひいては火災になることが可能、のように想像する。ガス会社で元栓を止めてしまえば、ガス関係のところは防げるだろうが、ガスと関係のないワンタッチ式では火事を止められまい。仮りに人がいても、倒れた箪笥のため動けないとか、私のように気が動転したりで、適切処置が採れぬ心配があるのではないか。

地震の研究というと、とかく予知とか活断層の調査などのように、万事大がかりで、高額予算も付くようである。地震時における室内品物の発火性などの小テーマは、気象庁や文部省から研究費の出そうもない対象のように、感じられる。かかる研究は傍流になるかも知れないが、むしろそのような調査こそを世間に発表し、あまり良く知らぬ大衆の注意を喚起してもらいたいものである。

予知が出来るとか出来ないとかの論議が、かわされているようだ。学問の一般論からすれば、あらゆる現象の予知は本来出来てしかるべきはずである。ある化学反応の触媒に何が適するかを予言出来るはず、なのと同じだ。触媒では、問題解決が容易には進まない。地震も、将来地層大変動で「日本沈没」が起きたあとで、やっと予知が可能になった、などという事態にならなければ幸いに思う。「近い将来に必ず起きるはずである」との説明をよく聞く。学問研究者の立場ではそれ以上のことを言えない事情が、よく理解出来るけれど、現実には、予知予言としてほとんど役立たぬのである。

週刊誌などに、大地震大震災を予知したとか予言するとかの記事が、時おり大々的に出て、人びとは興味を感じてそれを読む。そこでは、何年何月何日に何処でM幾ら級の大地震が起こる、と予言者が述べている。ところが確たる根拠はなく、多くの場合、星占いの結果、あるいは世の中が乱れているから天罰が下るのだという理論、のたぐいである。

　宗教の教祖が地震の予言をするのと、同質現象に見える。彼は、地震が来なかったのは自分の祈りが神に通じたからで人類を救ったのである、などと弁明する。検証や再試の不可能なものならば、どんなことでも言いうる訳だ。

　私が不可思議に思うのは、期日を過ぎて何ごとも起こらなかったとき、これらの予知者が誰一人として事後報告や謝罪のたぐいを述べていない点である。なかには挨拶を述べた人もいるかも知れぬが、私の目に触れた範囲ではそうであった。週刊誌出版側は、面白い記事を出して売れさえすれば良く後のことはお構いなし、との理屈かも判らぬ。しかし予言者のほうは、自分が世間に対して公表したことに関し、責任を負うのが当然である。尤も、そんな良心的人間ならば、もともと最初から売名言説を発表しないであろうから、その点無いものねだり、と言うべきかも知れない。

大学教授の職務は何か

ＫＹ博士は工業化学界の長老で、屈指の論客としても知られている。一九九六年九月、代表的学会機関誌に「国公立大学の教職の人の研究は合法か？」と題するエッセイを発表された。以下便宜上「Ｋ氏」あるいは「Ｋ意見」と略称させていただく。

この論説は多数の目に触れたはずだが、Ｋ氏自身の言によれば全く反響がなかったそうである。問題が問題だけにウカツに発言できぬと考えたり、人びとの意表をつく珍説と感じたり、といった向きが多かったのではあるまいか。

同氏は旧制高校・大学学科双方での私の大先輩である。今年（一九九七）春会合があった際、私に向って、自分の論旨を充分検討してほしい、との意味のことを要望なさった。

私もＫ意見は頭の隅に引っかかっていたものの、深く考察するには至らなかった。上記文章の背景をなすところの、商業誌連載の長編エッセイを読まないと詳細が判らなかったし、そもそも公務員法や教育関係の法規を勉強していなかったからである。

やっと夏頃になって私は、所属先の図書館のバックナンバー中のK氏原典を抜き読みし、かつ最新の六法全書を取寄せ、教育六法にも目を通して、一夜漬けの勉強をした。その結果、素人なりの感想や解釈を述べてみよう、と考えるに至った。

一九八五〜九五年の約十年間に商業技術誌へ発表されたK氏の原典は、大学や研究所などにおける工業化学の研究を深く考察したもので、大いに参考になった。とくに冒頭「研究」の語を定義したうえで論議をスタートさせている厳密な筆致に、敬服しない訳に行かなかった。ただし同氏の文章には「これについては前に記した」といった文言が頻発し、既報をたぐって行く必要があったので、読み易いとは言えなかった。

K意見は、「国家公務員法」、「地方公務員法」、「教育公務員特例法」に立脚している。公務員には職務専念の義務がある。国立研究所等の研究公務員は、研究に専念すべき職種なので、大学で講義をするには人事院の許可を要する（これは事実）。同様に、国公立大学の教育公務員は教職に専念すべきで、研究は許されない。研究したいならば人事院に申請して研究職に変るべきである。――これがK意見の骨子である。なお重要な点だが、K氏は国公立大のみを問題にし、私大のことは適用外として触れていない。

本稿は、K意見への所感を述べるとともに、大学教授の職務であるものを、この機会に少しく触れて見たものである。本来はまともな論説の形で本名にて発表すべきであろうが、さようなスペースと準備が今私にある訳ではないため、順不同箇条書きスタイルにて書き流させてもらう。なお「大学教授」と呼ぶのは、大学教員の代表あるいは象徴として言ったまでで、厳密な意味のものではない。

（1）K氏は「学校教育法」には触れていない。同法第一章で国立・公立・私立の三種を規定し、以下章ごとに各学校を扱っているが、国公立と私立とを本質的に区別したところはない。大学教授と呼ばれる職種の実態は、些末的事項を除いては、国公私立を通じて似たようなものだろう。同じ大学教授が公務員になったとたんに研究が禁じられる、あるいは公務員でなくなったら研究が許される、などは、いかにも異様現象のように感じられる。

（2）「学校教育法」第五八条の⑤を見よう。文言は下のようである。

「教授は、学生を教授し、その研究を指導し、又は研究に従事する」

今回はじめて注意して読み「又は」が問題になることが判った。今まで何となく「又は」を「及び」と読んで、教授・指導・研究の三本立てが教授の職務、と考えていた。教授と指導はともに教育だから、つまり教育・研究の二本立てである。それが一般的諒解事項だったであろう。

ところが「又は」は「及び」とちがうのだ。六法全書中のさまざまな箇所の、〃人物AがX

をなし「又は」Yをなす〟、とのスタイルの文言を調べてみると、ほとんどの場合、「又は」とは、「Aがその時どき、場合場合でXをしたりYをしたりする」の意味である。だから同一人物の教授が必要に応じて教育をしあるいは研究をする、と解釈すべきものであるまいか。

（3）ただし上述の「又は」には、「学生を教授し、その研究を指導」するA種教授と「研究に従事する」B種教授との双方が、大学に存在しうる、との意味も文章上含まれるだろう。以後は我流考察になるけれども、前項（2）のように解釈するのが常識で、（3）のものではあるまい、と思う。もしも（3）であるなら、そのような正確な文言のものに決定しておくべきであったはずだ。K意見によれば、教育職教授と研究職教授とが併存することになるから、（3）の解釈の「又は」のほうと整合的になる、と言える。

（4）「又は」にさらにこだわるのだが、「又は」である以上、教授が「研究に従事」しないことが、法規上可能である。教育オンリーの大学教授が存在しうる、という点では、K意見と同じ結果になるのだ。しかし次項（5）の問題が生じるだろう。

（5）教授の研究業績がなくても違法でないはずであろうから、そのことで昇進採用に不利を生じさせてはならぬ。ところが、「大学設置基準」第十三条では、「教授の資格」として「博士の学位を有する」こと、「研究上の業績」があることを、五項目中の冒頭に規定している。ゆえに上記基準は、業績なしの教授を事実上出現させないのである。これは本項（5）のはじめに書いた点と矛盾する結果になるのではないか。

(6)「研究」と「教育」とは、そもそも分離できるものであろうか。フランス文学の教授が学部一年生にアベセを教えるなどは、一〇〇%「教育」だろう。しかし学部以上では、低学年→高学年→大学院修士　に進むほど、研究内容と講義とが密着化して来る。私の場合、修士課程の授業は、研究――と言って悪ければ実験室仕事――を長年やって来た経過や結果を述べずには、成立しないものであった。学部の講義のために書いた教科書ですら、自分の仕事の結果や思想を素材に盛り込んだのである。文部省検定教科書の場合とは事情を異にするのだ。

今更私が言うにも及ばないが、大学の教育と研究とは、厳密に一体となって分かちがたいので、研究がなければ大学教育は存在しないことは明らかである。「教育公務員特例法」の第三章「研修」のような、教育のためにする「研究と修養」とは非常にちがっており、研究に従事した結果が教育に注ぎ込まれるのである。K氏は「研究」と「教育」とを事務的強制的にピンセットで分別しているような気が、私にはする。

(7)教授の担当授業がわずか一科目であったとしても、それを、まともに良心的な準備をなし実施するには、研究・会議・執筆・ボランティア仕事などの一切を削り、それこそ「専念」して、やっと済ませられる程度のものであるべきだ。担当者の学力体力の大小とか要領の悪さの度合も影響するであろうが。ところが多くの大学教授は、専任校で幾つかの講義を行い、さらに他大学講義を数件兼担するとともに、学生指導・ゼミ主宰・投稿論文書き・学内会議出席・依頼原稿・学会役員・就職世話・技術無料相談などを、同時に進めている。私も大体そうであった。客観的に当時を振り返ると、何ごとも手抜きをしていい加減にやっていたのではなかったろうか、と反省する。しかし、これらのすべてを完全にやり遂げうる人間がいるであろうか。万能スーパーマンでないかぎり、普通人には無理なことで、ウツ病かノイローゼになるだろう。大過なく停年を迎えたりするのは、手抜き教授だったことを裏づけるものにほかならない。

だからどうなのか、という点だが、教育専念の教授を設けるよりも、余計な職務を除外し、担当講義数も減らしてもらうほうが、効果的ではなかろうか、と言いたい訳である。むろんそんなことは当然で、いかに実施するかが問題だ、という話になろう。しかし今は先を急ぐので話題を変える。

（8）ここで関係各法規の相互関係を考察しよう。国家公務員法・地方公務員法・学校教育法・大学設置基準などの相互間親子上下関係があるのだろうか。K意見は公務員の「専念」義務を重大視しており、学校関係規程よりも国公法等を親と考えていることが判る。さもなければ学校教育法に触れねばならないであろう。これらの親子関係――があるとして――の正確な事情を今論じる能力が私にはない。

（9）さまざまの法規を読んで、いわゆる悪文の多いことに気がついた。最も困るのは、用語の意味あるいは定義が不明確なことである。道路交通法・建築基準法などでは、いずれも用語の定義を冒頭に掲げている。これらに比べ国公法、学校教育法は定義を示しておらず、私の眼には欠陥製品に映る。だから人によって解釈の違いが生じ、違法になったりならなかったりする結果を生むのだ。解釈が不確かなら、俎上の人物に対し有利に取扱うのが、法的常識であろう。

（10）公務員法の「専念」を検討しよう。国公法で代表させると、同第九六条に「専念」、第一〇一条に「のすべてを」、「にのみ従事」というように、非常に強い文言で指定しているのである。むろん公務員の公的責任の自覚を促すのが目的だ。しかし命令される立場で見ると、「専念」を要求するからには、「専念」を妨げるような事情や環境を除くのが先決である。現実問題として、教室における専制君主独裁者の圧迫とか人格劣等教授の無理無体から、それぞれ身を守ったり後始末に追われたりで苦労することなどは、公務員教授の「専念」を妨げる以外の何物でもない。最近登場した大学教員任期制も「専念」に水をさす傾向がなければ幸いである。

大学教授は、研究と教育の双方ともに専念せざるを得ぬのである。「専念」は一種類の業務にかぎる、とは国公法の思想であるが、公務員でないリストラ会社員でさえ一人五役や一人八役をこなして「専念」している。公務員教授でも最低一人二役を要するのではあるまいか。

(11) 大学教授の教育上の職務と言っても、現実にはさまざまの些事から成っている。考え方によって職務と言えたり言えなかったりするもの、理屈では職務でなくても社会人として必要になることなど、いろいろとある。具体的に二、三の例を紹介して見よう。

a：単位の足りぬ卒業年度学生のために学科主任が落ちた科目の担当者に点数回復を頼んで歩く、などはどうであろうか。教育配慮的行為という意味では職務であり、学生を甘やかし大学の権威を損じる行為という意味では職務と言えない。

b：ある大学に、授業のあと黒板を消さぬ教授がいる。彼の論理によると、黒板を消すのは用務員の職務であり教授のそれではない、ゆえに自分は消さない、と言うのである。理屈はそうでも、現実に5分の休憩時間に用務員は作業出来ぬのである。その結果、次の時間の先生が義務でないところの黒板消しをやらねばならぬ。職務でないことを拡大解釈してついに社会人失格に至った好例である。

c：就職の世話にも問題があると言える。教授の性格にもよることだが、ある先生は、就職業務が教授の義務ではない、と言って無関心である。理工系の教授は、積極性の度合はまちまちだが、ともかく自分の部屋にいる学生の就職を世話することが多い。教育行為の一部をなす、と考えているからである。

(12) 研究上の義務は、教育上のそれよりも、かなり不明確である。もともと研究自体が義務のものでなく、自分の意志で研究を始めたとたんにそれが義務となる、といった性格があるからだ。不明確な一例として、学会の委員を委嘱された場合を考えよう。
　学会の役員を拒否する教授がいる。多忙とか義務でない点を理由にする。彼は学会からの恩恵を一人前に受けることは遠慮せず、一方で学会のために奉仕するのを逃げてしまう。損得や義務不義務といった冷たい計算で物事を見るところの、こんなタイプの教授が、最近は多くなったようである。
(13) 公務員教授の研究が違法であるものならば、平素教授たちの不正違反を摘発するのを得意とするはずの事務官僚たちが、なぜこれを見逃していたのかが、私には理解できない。K氏だけが発見したのであろうか。二通りの説明が考えられる。ひとつは違法がそもそも存在しなかった場合、今ひとつは憲法違反のように巨大すぎて手の施しようのない場合、である。
(14) 法規の文言は、実施の面倒さはさまざまではあっても、原則として必ず実行可能でなければいけない、と私は考えている。実行不可能な文言があると、既成事実が先行して、もとの文は無視されてしまう。現行日本国憲法の一部を見れば、それは明らかである。
　公務員法中の服務の部分は、多分に理念を述べており、努力目標の感がつよい。『坊っちゃん』のなかで狸が言う次の言葉はその象徴である。

「今のは只希望である、あなたが希望通り出来ないのはよく知つて居るから心配しなくってもい丶」

努力目標なら、違反摘発問題は緩和される。むろん目標を軽視して堕落してもよい、と言うのではない。

以上気のついた点を順序なしに述べて来たが、言いたいことはまだ大分残っているつもりなのに、与えられた紙数をすでにかなり超過している。今回はここで止めておきたい。法律の素養がないので、無知誤解がいろいろあったと思う。また原典や人名を具体的に引用記載したほうが親切ではあったろうが、この種のエッセイの時の私の習慣に従った書き方をしたにすぎないので他意はないから、その点ご寛恕を願いたい。

地図を描く

ある商業出版の編集者の話によると、たとえば「めくら判」は、現在禁止語になったそうである。八代目桂文楽が平成の世に存命だったならば、彼の落語を口演出来なくなったろう。言論表現の自由が徐々に制限され、あたかも中世封建時代に逆戻りしそうに見える。「音痴」は広く使われる言葉だが、これについてはどうだろうか。めくら判の例を聞くにつけ、必ずしも安全と言えぬ気もする。しかし「方向音痴」というように本来の意味から変形拡大された語まであるのだから、ひとまず大丈夫、として話を進めよう。

多くの作家・評論家などの文化人たちに、「方向音痴」が多いようである。実例を挙げては失礼になろうが、物故著名作家の司馬遼太郎は方向音痴であって、夫人の同伴なしには外出旅行が出来なかったと、その知人が語っている。作家たちの文を読むと、〈どこそこの駅で降りたが、私は地理音痴で道が判らぬので、迎えに来てもらった〉などと、必ず述べているのだ。

一般に何事かをなす能力――語学、料理、ゴルフ、異性遍歴ｅｔｃ．――については、優れていることが自慢のタネになるはずである。それなのに方向音痴にかぎって、劣る点が自慢に値するらしい。そこの処が、どうも私には腑に落ちないのである。

今「かぎって」と書いたが、実はこれ以外にも若干ある、と思う。大学授業出席率などがそうだ。このことも論じたいのだが、本題から逸れるので別機会にゆずろう。

たしかに、駅に着いてから「ワシは地理を知らんからお前案内せい」と言っているほうが、大物に見える。自分で地図を調べ探し当てたなどは、秘書や鞄持ちにこそふさわしい。

先に方向音痴を誇るのはおかしい、という点を述べたが、ひとつの合理的解釈は次のようである。すなわち地図を調べるなどの世俗的事務的なことに労力や時間を費やすべきでなく、もっぱら創作や研究に集中するのであるぞ、という宣言を意味する。場所を探すなどは凡俗の仕事だ。そういう理屈になりそうである。けれどもそんな論理を持ち出すなら、ゴルフをやる時間も研究創作を妨げるはずであろうから、さようなゴルフ作業は凡俗なる鞄持ちにやらせるべきである、といった理論になるのではないか。したがってこの種の解釈は成り立つまい。

故N先生は教え子が全国に分布していて、各社のN担当係をなしていた。先生が〈何月何日に何で行く〉とハガキを一本出すと、当日担当が迎えに出ているのであった。私などは、出迎えてもらう価値もあまりなさそうだし、地理を覚えるためには一人で行動するほうが、むしろ便利なこともある。

私は未知の土地へ行く時は、地図とか案内書を何冊か見て予習し、おおよその空間的概念を得てから、出かけることにしている。普通の地図には余計な情報が多過ぎて、かえって邪魔になる。そこで必要な箇所のみ抜き出した簡易地図を自作し、その紙を鞄に入れて旅行に出る。そのようにして大体の見当をつければ、まず間違いなく目標を探し当てることが出来る。

しばしば行く場所ではそんな必要はなかろう、と思って、つい失敗したことがある。都内でも下町のほうを詳しく知らないためもあった。中央区の小伝馬町の十字路付近に、中学の有志忘年会をやる中華料理店がある。私はいつも地下鉄の馬喰横山駅で降りて歩くのだけれど、数年前べつの出口から地上に出たため、道が判らなくなった。横山町の南側、日本橋大伝馬町のあたりは、似たような街角ばかりで、東西南北の感覚がまったく判らない。地元らしい人に訊ねて、やっと事無きを得たのであった。

旅行先で、夜間のため街の様子が明確でない時とか、時間を急ぐ折などに、たまにタクシーを利用する。私はタクシーがあまり好きではない。路地のような近道を自由自在に走り抜けたりして、時間節約にはなるものの、市街の地理を知ろうとするのに極めて不便だからである。
逆にタクシーの運転手のほうが地理を知らぬことが、最近は多い。私が今住んでいる所は、世田谷区のほぼ中心部である。そもそも世田谷は、昔の農道の名残で、狭い道が曲りくねっているうえに、一方通行になったり普通になったりで、道路状況が複雑怪奇であり、東京のタクシーの鬼門とされている。「世田谷」と聞くと、運転手がいやな顔をする。〈道を教えてくれれば行ってやる〉と言われたこともある。これではどっちがお客なのか判らない。京都や札幌などとは大分違っているのだ。

タクシーに乗った時、目的の場所をよく知らない運転手には、予め描いておいた地図を渡すのである。私は、自分や自宅を中心に置きそれから出発して描く方式を採らずに、逆に、東京なら東京のなかで自分がどこにいるかを示す、といったような、映画の冒頭に出てくる「集中」方式を用いる。また必ず北を上部に描く。このような図を運転手に渡すと、彼らは紙の上下をひっくり返してから図を見るのだ。運転手にとっては、最終目標よりも、現在走っている自分の位置のほうが、より重要らしく思われる。

地図を描くと言っても、伊能忠敬の図のような測量学的正確さ、を要する訳ではない。位置関係とか何番目のカドといった数的関係を示せば事足りるトポロジー的なものに過ぎない。外出や旅行の目的には、それで充分である。

私が地図を描いてひどく叱られたことが、一度だけある。昭和三十年代のはじめ、大田区の東馬込に住んでいた頃、同居中の弟が虫垂炎になった。そこで徒歩で来られる距離の小池さんという外科医に往診を頼んだ。彼は名医との評判の気むずかしい老人である。〈家の場所を教えよ〉と言われたので、正確な地図を描いて届けたところ、後刻家に来るなり「地図が間違っていたから迷ったので遅くなった」と文句を言った。〈自分のほうこそ見間違えているくせに、感じのわるいジジイだ〉と思ったけれど、時が時だけにそんなことは言えなかった。

先述のように、私は北を上、東を右、として描く。世界地図などの描き方がそのように決まっているし、万国共通の基本事項であって、ごく簡単な話である。むろん南を上にしても間違いではない。よく新聞の折込広告中に新装開店の地図があって、南を上にしているのがある。しかし同じ手間、同じ条件ならば、北を上、と統一すれば良いのだ。そんなことは個人の自由だとか管理反対とか言う者がいるなら、それは誤まりである。他人や民衆に示すべき情報だからこそ、簡単な統一規格で作製されることが望ましいのである。何もわざわざ南を上に変えるなどの面倒を導入する必要はないように思える。

そうは言うものの、南を上にする例外が不合理でないかも知れぬ実例があるので、そのことに触れぬと、片手落ちになろう。

車ばかり乗っている人は知らないだろうが、電車列車のドアの内側の上方の壁に貼ってある路線図を、思い浮かべて頂きたい。東西方向に走る鉄道があるとし、東端が始発、西端が終着、と仮定する。そこで上り電車に乗ると、進行方向左手のドア上の路線図では、北が上であり、つまり標準状態の地図となっている。ところが同じ電車の右側のドア上の路線図は、どうなっているか。上りの終着駅つまり本来の始点が左端に書いてあるから、南が上に来る図となってしまう。すなわち両方の図は互いに鏡映関係になるのだ。鉄道会社は二種類の図を製作せねばならぬ訳で、費用がそれだけかさむ結果をもたらす。

このようにする理由は、乗客に対する親切に基づくもので、図中の路線の方向と現実の電車の動きの向きとを合致させているのである。

しかし私は北を上にする図の一種類で事足りる、と考えている。地図や路線図はそのようなものである、と諒解していれば良いことであり、電車の動きと関連づけさせる必要はないのだ。情報を与えるには、その種類の少ないほうが民衆にとって助かるのである。だから車内の路線図の種類は、私に言わせると過剰親切にほかなならい。

けれど間違いではない以上、その人の好みや主義で、どっちでも構わぬ、と言うべきなのかも知れない。

別の例を述べて、上の意見を補強することにしよう。気象情報で、晴天を示す図が、昼は太陽、夜は星、である。事実として正確だけれども、視聴者に太陽と星との二種の認識分別を強要し、親切とは言えない。私は晴イコール太陽の一種で足りると思う。太陽を「晴」の記号を見なせば済むことである。記号だから図でなくてもよいので、「ハ」や「F」でも差支えない。要するに情報は、少なくて済むのであれば無理にふやす必要はないであろう。

話を地図に戻すと、情報過多の時代だから、あるいはそんな時代であるからこそ、人びとに必要な基本情報はなるべく少数簡潔なのがよい。要するに南を上にするべきではない、と申したい訳である。

月曜日の法則

一週間の始まりは何曜からであろうか。法規上の決まりがあるのかどうかよく知らないけれど、少なくも日常生活上では、あまりはっきりしていない。

早い話が、カレンダーは日曜が始まり——縦型書込み式を除く——であるのに、手帳のほうのページは月曜からである。むかし海軍の標語に「月月火水木金金」というのがあった。原型が「日月火水木金土」であるから、カレンダー派に入る。一方テレビの気象情報で週末の天気を紹介する時は、土日の意味なので、このほうは月曜スタートの手帳派に属する。

仕事始め・営業始めに該当する日でもあることで、肉体的精神的事務的のあらゆる面よりみて、月曜から始まるのでなければいけない、と考えている。

従って月曜はさまざまな特質を持つ。月曜日はコレコレである、といった法則をたくさん作れるのである。法則とは言っても、一〇〇％真理の厳密性はなく、多くの人がそうではあるまいか、との程度の話である。「マーフィの法則」に類するものだろう。

月曜日は気分が重い　子供の頃学校へ行くのが嫌で、月曜の朝はユウウツになった。現役サラリーマンの人も、月曜になって再び上司と顔を合わせるのは、嫌にちがいない。ただし研究が面白かったり、年金生活に入ったりするなら、この点は解消される。

月曜には用件や電話が多い　勤務先の部屋とか個人事務所の場合、月曜に顔を出すと、ＦＡＸ受信紙が機械から多量に吐き出されている。捨ててよい資料が大部分だけれど、なかには緊急処置を要するものがある。それが一つ二つなら何とかなると思うが、五つ六つも重なって来ると、よほど要領よくやるのでないと、あせって頭の中が熱くなってしまう。

手紙も同じようなことで、日曜に郵便の来ない分だけ少なくとも溜まっており、用のある手紙を受取る確率が高いのである。電話についても、簡単ではないか、あるいは有難いと言いがたい用件を、伝えて来るのが多いような気がする。

月曜に用件の多く発生する理由　金曜夕方から土日にかけて休息日になることが原因となる。時間的に用件が溜るのももちろんだが、さらに休んでいる間に少し落着くので、空間的時間的近辺を振返ったり反省したりする結果、月曜になったら誰に何を頼もうとか、何処へＦＡＸを送ろうとかいった用件を思いつくのだ。自分がそうなので他人も同じだろう、と単純な発想をしている。
むろん違うやり方の人もいる。むかしある先生は、何時も日曜の朝私の家へ電話を掛けて来るので、何か緊急な事件かと思うとそうではなく、ごくつまらぬ不急用件に過ぎなかったりした。

月曜を定休日とする所　理髪店――むかし床屋でいまへアーサロン――、デパートの三越、一部の飲食店は、いずれも月曜定休である。前日の日曜に来店顧客多数のため従業員の疲労度大であるから翌日休む、という理由は、しごく合理的なものだ。しかしこの説明を一般に拡大出来るはずであり、月曜休みの店がもっと多くなっても良いはずになる。ところが必ずしもそうならぬのは何故だろう。家人の行く美容院は火曜が休みだそうである。業種の差や顧客の質のちがいなどによるのかも知れぬ。
ところでトコヤ休日に対する私の感想は次のようである。日曜には落着いて鏡を見るだろう。すると髪が大分伸びたから明日はトコヤへ行かねば、と考える。ところが明日になると休みになっている。つまりトコヤの月曜定休は、ようやく来ようと思った客に水を掛ける行為にほかならず、店にとり損な方式である、と思うのだ。

月曜早朝の授業は敬遠される　大学で来年の授業時間割を編成するとき、語学等の教養の先生達が、自分のつごうの良いコマを優先的に占拠してしまい、残った悪い時間を学部専攻のほうへ配給する。一時限目のコマは人気がないのは、早朝は眠いから語学の先生が敬遠するためである。なかでも最も不人気なのが月曜の一時限にほかならない。

講師とか教授の新入りが来ると、さっそく月曜の一限の講義を受け持たされる。本人に取っても、やっとのことで昇任または採用してもらった手前、嫌ですとは言いがたい。そこで我慢して勤める結果になる。私も若い頃何年か月曜始めの時限を受持っていた。

神聖なるべき教育業務に関して、悪い時間などと呼ぶのは不謹慎なことであるけれど、一方生身の人間である教員における現実の心理なのも、また事実である。

月曜に心臓発作が起きやすい　ＫＫ教授が三年前に停年退官記念誌を出版なさって、私も一冊頂戴した。そのなかで同教授自身の経験として、狭心症が月曜に最も多く生じた統計結果を述べ、狭心症発生要因の重要なひとつを月曜という日、に設定している。

私はあいにくまだ心臓発作を起こしたことがないので、体験者の説を借用させてもらう次第である。

月曜は緩和過程が未完了　月曜の朝疲労が残っている場合が多いだろう。それは、前日までの休息ナマケ状態――言葉が良くないが判りやすいから使う――から、勤労勉学状態へ移るのが、容易には終了しないためである。いわば二日酔に類する現象にほかならぬ。肉体的にも精神的にもそう言える。月曜の朝ユウウツになったり、他のどの曜日の午前よりも忙しく感じたり、前項実例のごとく心臓病を誘発したりするのは、すべて未完了緩和現象に基因することが明らかである。

月曜には雨が降りやすい　季節や場所によって一概に言えぬこととは思うが、東京23区南西部に済む私の感覚では、月曜はよく雨になるような気がする。現に今年（一九九八）の四月・五月の月曜計8日のうち6日までは雨が降った。この原稿を届けた日も月曜で、全国的に雨であった。

月曜と新聞　月曜における新聞の特色を挙げてみよう。①新聞休刊日が年に何回かあり、朝刊の来ない日が生じるが、これは必ず月曜である。②月曜には株式欄がない。③要するに月曜は他曜日より記事量が少ない傾向を有する。――これは朝忙しい折には有難いことだ。とくに朝刊のない日は時間の余裕が出来る。いっそのこと新聞がなかったら良い、と思えるほどだ。

④かなり昔のことだが朝日紙の読書欄が月曜にあった時期がある。ゆっくり読める日曜にせず何でわざわざ最も忙しい月曜の朝にやるのか、と腹立たしく思っていた。今は日曜に戻っているので、私と同じ意見の読者が多かったためではなかろうか。

月曜に株価が下がりやすい　東証株価などの専門的指数を持出して論じるのが妥当ではあるのだが、面倒なことが目的でないから、素人の非精密な感覚だけで述べる。何となく月曜に株が下るような気がする。むろん一種類の銘柄単独ではなく、何種かの平均または合計値としての話だ。現に「ブラックマンデー」事件もあったことで、下のように推測をしてみた。投資家は、土日の休みの間に資産を検討し、どの株をさっそく売っておこう、と判断するのではあるまいか。経済に詳しい企業の方がたに笑われるのを覚悟で言うと、株は買うより売るほうがはるかにむずかしく、後者を決断するには土日という誘導期間の導入を妥当とする、と解釈する。ゆえに月曜に株価が下るのである。

月曜は郵便局が混む　むかしは月曜になると、お金の引出しのため銀行・郵便局が混んだものである。今は自動払出機が普及したためもあったりして、銀行・信用金庫が月曜にそれほど混んでいない。むろん十日や二十五日が月曜である時は混むに決まっているが、曜日よりも日の方が大きな要因となる。
一方郵便局は月曜の午前に行くと、お金のほうと郵便のほうと双方とも非常に混んでいる。むかしとあまり変らない。むろん場所や時間帯によってさまざまであるかも知れないから、私の経験範囲でのことに過ぎないけれど、今述べた傾向にある。銀行等との利用者層の違いがあるのかも、と考えている。

月曜日の話のしめくくり　以上の話を集計すると、どうやら月曜はマイナスイメージのものばかりである。それゆえ、心臓発作を起こさぬよう、月曜の朝はとくに注意することが肝要になる。またそういう日であることからこそ、駅の階段で転んで骨折した、などという悪い事故の起きる可能性があることを考えて、ことに高齢者は気を付けないといけない。心臓や気分を悪くしそうな会議を止めるのは社長でないかぎり無理であろうから、せめて他の曜日に変更してもらうべきである。
また近年社会慣習の進化により、各曜日間の仕事のアンバランスが平均化され、曜日の質的差異が縮小しつつある。これは大変良いことである。デパート休業日が分散して来たのも、その一例にほかなるまい。月曜のデメリットが減衰すると良いと思う。

不公平なる競争

昭和二十年の敗戦以来、民主主義・万民平等・差別不可といった錦の御旗が掲げられて久しい。

ところが、人間の外見や各部面における能力には、個体差が著しいのだ。平等になることが出来ぬのである。さらに、同格・同能力だったとしても、人徳・魅力などの非合理性要素も加わるので、評価の個人差はいっそう広がる。必ずしも当人の性行の立派さに見合った評判が与えられるとはかぎらない。

ある人は酒乱で皆に迷惑をかけたにも拘わらず、愛され慕われていた。別の人は、迷惑もかけず、かつ私利私欲でない努力を払ったのに、その努力自体が嫌われている。要は人徳の有無という点に帰着するのであろう。そんな不条理現象はよく世間に見られる。

人間の容貌ひとつを採っても、先天的不公平が存在する。試みに男性連中を愛人獲得競争のスタート線に立たせたとする。ハンサムな有名作家X氏に「君はXに愛された女として文学史に残るだろう」と囁かれた美人は、ツイその気になるだろう。一方私などは「そんな不細工な顔でよく愛してるなんて言えるわね！」と一蹴されるに相違ない。

男女間のことにつき偏見的考察をしよう。政治家・作家・役者等は、女性関係の多いのが勲章にもなり、また少なくとも許容される。伊藤博文は好色で有名だったが、その行状を訴えた高官達に対し、明治天皇は弁護保証をした。女を禁じると伊藤は頭脳が働かず日露戦争遂行に支障を来たす、という理由であった。そこまで行くと見事なものである。これに比べて、現代の中学・高校の男性教員は窮屈な境遇にあり、対女性行為は変態とかセクハラとされて、週刊誌等に書きたてられる。聖職にある聖人君子というイメージが弱味となる。天皇保証付明治元勲と平成変態教師とを、時代を超えて対比させると、ぜんぜん取組みにならず、公平競争などは思いもよらぬことだ。

これらの状況が民主主義人類平等に反する、と見るならば、そもそも遺伝子の差異をなくす必要がある。真に公平を期するには、次の操作を導入すべきことになろう。まずクローン男性M_1、M_2、……Mn群とクローン女性F_1、F_2、……Fn群とを製造する。そして両グループ同士を接触衝突させ、複数の、Mn—Fn結合を得る。まるで化学反応のシミュレーションである。これならば、不細工などの余地はなく、人権平等論者も同意するはずの未来社会模様となってしまうだろう。

入学試験は、人間の行う選別作業のうちで、公平民主的競争、と言いうる。往年の旧制高等学校の入試などには、差別が存在せず、貧乏人や下流階級の子弟でも入学出来たのは、すばらしい点であった。万一親の七光りや裏口賄賂が物を言うようだったら、平成の政界官界等と選ぶところがなかったろう。昔から「受験地獄」と呼ばれているけれども、どうせ人生は地獄であるならば、犯罪的不公平地獄よりは、はるかにマシである。

尤も、入試である以上、合格者と失格者との差別は生じてしまう。自由競争であるかぎり、当然の差別として、世間では甘受している。反差別人権論者から見ると、「記憶力の不自由な方」に対する差別になろうから、入試反対を宣言するべきはずなのに、何故か実行に移すことがない。

ところで、公平自由のスローガンの下に歴然たる不公平競争を行って怪しまぬ例が、如何に多いことか。日本人と外国人――とくに西欧人――との身体的あるいは語学的比較の場合が、まさにそれだ。

自分ハ違ウゾと申される人もいるので、あくまで一般論として言うのだが、体力・英語力で、日本人は外国人に劣る。ひと頃「日本人働き過ぎ」論が横行した。外見ではその通りであろう。しかし劣った分量の差を時間と努力でカバーしなければ、まともに対抗出来ぬのだから、仕方がない。同じ体力・英語力で競争するなら問題はないと思うが、実状は違う。上記の論は、そこのところを故意に無視した言いがかりか、あるいは日本人を怠けさせようとする謀略かの、何れかに決まっている。

日米貿易戦争と呼ばれる国際問題も、上述の不公平競争と大層似ている。そもそも生産物を取扱う国際貿易であるなら、公平になる道理はないのだ。原料たる資源は地球上にひどく偏在し、資源強国諸国と資源最弱国日本とでは、格段の差がある。往年の「石油ショック」を思い出して見るとよい。中近東産油国は人為的に石油危機を演出し、罠にはめられた日本は、以後高い石油を買わされることになった。リン鉱石にも類似の事情があった、と消息通は言う。私物資源を武器にして他を恫喝できる国と、一方言いなりに服従させられる国とが、公平な競争を行えるわけがないではないか。本来なら勝負にならぬ所を、わが国の製造業の技術力でカバーして、まともに競争出来ていたのである。

それなのに高度成長期には、国産資源はお荷物であって無いほうがよい、地球上のあらゆる場所から廉価の運賃で運べば済むことだ、と主張し、国産資源の利用開発などはバカのやること、と言わんばかりの論者もいた。しかし私は、そんな太平楽を言うのはわが国製造業の将来を誤るもの、と固く信じていたので、学生に資源問題の重要性を、毎年のように話をしていた。

資源問題を解決するには、下のような考えを必要としよう。利用可能な地球全資源の国際管理化がそれである。実行には国連以上の強力な権限を持つ組織を作らねばならぬし、資源保有国は既得権を手放さないだろう。つまり机上の空論に過ぎない。しかし少なくとも、これは弱小国の視座からの真のグローバル議論である。アメリカ独善型のグローバル諸問題とは、同じグローバルでも、ぜんぜん質が違うのだ。

話題はさらに変わる。大学教員の採用昇任のためにする業績審査も、公平競争という視点で眺めると、気になることが沢山ある。

まず誰が審査を行い、人事を誰が決定するかが、問題である。独裁者が人事権を持つと、暗黒政治になり、まず公平明朗には行かない。オールマイティ大先生が着任して幕府または天皇制を施行し、気に食わぬ人材を追放し自分の好む者を導入する例は、枚挙に暇がないのである。

たとえ良心的な審査者であったとしても、人間には必ず好き嫌いや得意不得意があるので、苦手の分野には何となく肩を入れにくいだろう。しかしその点は、専門や性格の異なる審査者や決定権を複数存在せしめれば、改善される。けれども最終的決定者の人柄や能力が大きく影響することには変りがない。

研究業績を挙げるべき環境の違いの重要さにも、触れぬ訳に行かない。個人の意志能力の及ばぬ面がある。だから運不運のことが無くはない。

同じ分野の学科・講座が沢山あり、従って同専門人材も多い研究機関は、高い業績を挙げるのに極めて有利な環境であるだろう。まず研究者の層が厚いと、研究水準も上がる。また教授が大勢いると、研究に極めて有害な教室主任の役目の回ってくる率が小さい。さらに一人くらい風変わりな仕事の人間がいても多数の中での生存を許される。福井謙一教授がノーベル賞を受賞した当時の京大工学部化学系学科の状況が、その好例であったろう、と私は思うのである。

そこへ行くと、研究環境として最低に近いのは、弱小私大中の弱小学科であろう。同じ専門の人が他にいないと切磋琢磨がやりにくい。学科主任の番が絶えず回ってくる。一人でいろんなテーマを受持つ。会議雑用が極めて多い。大学によってはＰＴＡ行事で地方巡業までやらねばならぬ。営利企業でもある私大では、教員一人を最大効率をもってコキ使わねば経営が成り立たないのだ。早く言えば、研究業績を挙げることの出来ぬように環境が設定されている訳で、一方独創的業績を挙げよ、と世間で尻を叩くのは、根底からして矛盾してはいないだろうか。むろん業績が粗末でも止むを得ない、という訳には行くまい。

こんなことを論じる人は、あまりいないのである。現役研究者は、たとえ心の中でそう思っていても、実際には言えない。何故なら、自分の業績が挙がらぬのを環境なり他人なりのせいにするのは、自己の無能の証拠である、と他認されるからだ。その認識が本当であったとしても、当人はそう思いたくない。従って不公平競争は不当である、などと発言しにくい。お前の才能や努力が足りぬのだと言われれば、そうでないと反論することは、いかにも困難である。

第四部　折にふれての雑談

タイトル今昔物語

題名というものは、作物中最も大切な顔であるにちがいない。教科書、学術論文や、小説、映画に至るまで、まずタイトルを眺めてから、次に内容を見るかどうかが決定される。例外は、審査員とか指導教官くらいのものではあるまいか。

顔である以上、一件ずつ異なっているのが本来のはずだ。しかし時として同一題名が存在する。小説の場合は、作者が意識して、故意にあるいは止むを得ず、先人と同じタイトルを採用することがある。『女の一生』、『完全犯罪』などが、著名例として知られている。一方、教科書・学術書になると、意識してもしなくても、「固体物理学」、「高分子物性」等々のように、誰が書いても同じような題名になってしまう。無理にオリジナリティーを出そうとすると、意味不明もしくは長たらしいタイトルが生じるだろう。

ある理工系出版社の話によると、「有機材料工学」のような六字題名の本が望ましいそうだ。それより長いと売行に影響するらしい。尤も六字だから売れるとは限らぬ。私自身二十年近く前に六字名の教科書を書いたけれども、書評に反して、ちっとも売れず、徒に〈幻の名作〉と化してしまった。そんな例もある。

　小説では、タイトルの制約は少ない。性格上当然のことだ。一字のもの、谷崎や横光利一が多用した二字題名の作品から、ヘミングウェイ、高見順、大江健三郎らの長い題名の本に至るまで、多種多様である。理工系だったら、長題目派の本はまず売れまい。それでも大勢の読者に買わせることのできる彼らの個性や実力は、見事なもの、というべきである。

　学術論文の場合の事情は、多少これとは変って来る。タイトルは長くても短かくても、とくに差支えはない。「蛍光体の研究」、「セメントの水和反応」のような短文のタイトルがある。一方「団栗のスタビリチーを論じて併せて天体の運行に及ぶ」、「歴史的なるものの存在性格より見たる法的規範の限界性に就て」などは、比較的長い例だろう。後者は私の親戚の法学者の昭和初期の論文である。

　全般的傾向としては、時代と共に、タイトルの長い論文が多くなって来たような気がする。昔は研究者の数や研究テーマそのものが少なかった。ゆえに短文タイトルも妥当であった。ところが先人より前へ進むべく勢い細緻化ないし重箱のスミ的になって来る。長タイトル化も自然の成行だろう。これは学会や読者にとって有難い傾向とはいえないのだ。

　そこで冗文句をなるべく削りたい。「研究」である以上、「に関する」に決まっている。

「Japanese Paper Trash に関する研究」の「に関する研究」を取ってしまいばよい。現在では、学位論文とか学会表彰論文のような総合的表題においてのみ、「に関する研究」が残留しているに過ぎぬであろう。

タイトルを考えるのに、存外苦労することがある。論文内容を、適確に表現しようと、さんざん考えたすえ、「酸化物ガラスの構造と性質」といった当りさわりのない題に落着く。だから別の研究者から、同じ題名の作品が学会に提出されることも、希ではない。

自分の研究室の中でも、長年の同じテーマの下に、毎年学会で発表をする際、既論文と少し字句を変えて題を決めるような配慮も必要になる。前の題名を忘れて全く同一のタイトルを付けたりすると、自他共に混乱を引き起こすのである。尤も第三者は〈あいつらはどうせ変りばえしないことをやっている〉と思うだろうから、文言の苦心もさして役に立たぬかも知れない。

雑誌の記事とか新書版啓蒙書では、人眼を引くために羊頭狗肉的表現を採用する。広告を見て買った週刊誌が一〇〇％期待外れに終るゆえんだろう。学術論文ともなると、あまり突飛な表現も、実際には出しにくい。表現のパターンが定型化せざるを得ないのだ。例えば「ＡのＢ」、「ＡのＢとＣ」、「ＡのＢに及ぼすＣの影響」など、が挙げられる。

「AのBとC」を国際誌に投稿する折は、「B and C of A」となろう。［(B and C) of A］の意味であるけれど、「(B and (C of A)」と区別するために、人によっては「B of A and its C」とする。「その」が目ざわりの時もある。敗戦数年後の頃〈□□とその楽団〉といったものがボウフラのように発生したのを、思い出すからである。

「電磁気学の理論と応用」、「日本資本主義の成立と展開」は、「AのBとC」に属する。小説の方でも、一例を示すと『紳士トリストラム・シャンディの生涯と意見』がある。後年輩出した「某々の生活と意見」の原型になった「The Life and Opinions」というタイトルを創案したスターンに脱帽したい。本来ならすぐれたタイトルの発明者には、特許権が与えられてしかるべきものであろう、と思う。

　さて私などの経験でも、論文のときに「影響」、「作用」、「役割」を、よく使った。世間一般でも多いようだ。「Effect of Ultra-violet Ray on Electromotive Action of Frog's Eyes」等々。「影響」の便利な点は、そう名付けておけば、結論がどう転んでも一向に困らぬ、という事情にある、非凡なる研究者においては、使わなくても済むであろう。

　文学関係だと、同じ「影響」でも心理的あるいは個人的要因が入るので、「誰々のゲーテ受容」といった高尚な表現を採る折も多いにしても、平たくいえば、これも「影響」に他ならない。むろん「影響」や「役割」にふさわしい論文もあって良い。「丹羽文雄における菜の花の役割」などの文学論文を物することは可能だろう。

とくに文学方面の論文には、「研究序説」というのが多い。「ドストエフスキー研究序説」のたぐいである。尤も文学などは常に「序説」に止まるのであって、「本説」とか「本論」はそもそも成立しないのである。

理工系では、少なくとも昔は「本論」があった。片山正夫の『化学本論』は、その名に恥じぬ記念碑的大作である。宮澤賢治の愛読書でもあった。私も学生時代に教室の図書室で見たことがある。

ひるがえって一九八〇年代の人間ともなれば、「〇〇学本論」を書くことはできまい。仮りに誰かが書いたら、〈思い上りだ〉、〈頭がオカシイのでは〉などの、猛然たる非難が、大先生方によって浴びせられるだろう。

「AのB」などは最も簡潔なタイトルだ。「首縊りの力学」、『モリエールのドラマツルギー』、「戦後日本の経済発展」等の意味は、よく判る。小説の場合は、題名が一般的に極度に圧縮され、また象徴的になるため、時として「の」意味が不明確なことがある。タイトルのみを眺めると、松本清張作品の「AのB」にはこれが多い。『砂の器』は〈砂を入れる器〉か〈砂で出来た器〉かが判らぬだろう。英文にすると、必ずしも「of」ではないから、はっきりするのではあるまいか。

論文題名の用語にも、時代を反映した流行語が見られるのである。一九七〇年代には「キャラクタリゼーション」がはやり、「何々のキャラクタリゼーション」が頻出した。ただし人によって意味がまちまちである。ある人は〈structure and composition〉に限定し、property を入れない。別の者は、「構造と性質」のタイトルに示されるように、properties までを含めた。最もいい加減な例としては、要するに何かしらやることをもって「characterization」の看板とした向きも、なくはなかった。

一九八〇年代の今は、「機能性」である。「機能性」でさえあれば助成金がもらえる現状であってみれば、タイトルに多用されるのも当然といえよう。「ファイン」も同様だ。「ファイン」と「ニュー」とは同質ではない。

「ニュー」、「ウルトラ」、「スーパー何々」などは、俗称としては差支えなかろうものの、本当は適切語ではない。さらに新規のものとか、より高性能の製品が開発された時、どうするのか。まさかスーパーウルトラCなどと号する訳にも行かぬだろう。

一連のシリーズの大研究には、各報ごとにサブタイトルの付くのが普通である。「高分子合成の研究（第36報）AとBの反応」といったスタイルである。昔はこれが多かった。しかし最近の学会の多くは、「第何報」形式を許可しないので、大きい題目のほうが逆にサブタイトルになって来ている。

何十報もある場合、最初から構想を立てて、その通りの順序で発表して行くなどは、まず不可能であろう。推理小説のストーリーの組立てとは訳がちがう。計画どおりに論文が進むようなら、そんな研究自体、必要がなさそうである。そうかといって、行き当りばったりの思い付きで、報数が月日と共に増加し、飽きた処で打切りにするのも、あまり誉めたことではない。元素の種類や組合せを変えれば幾らでも続報が書ける、なぞの例も、一種の論文公害に他ならぬだろう。また内容の種別には全くお構いなしに「A大学B教室発表論文第 n 報」と銘打った馬鹿げた実例に、以前お目にかかったこともあった。

「第 n 報」では、何となく希釈物を見せられている感もなくはなかろう。他人の研究の生々しい歴史を時間的経過を追って学ぶ際には、便利ということはある。反面、著者の意図が第三者へ充分に伝わりにくい欠点も生じる。尤も、むやみに他人にネタを提供するのも損であるから、わざと意図の判らぬように書くのかも知れない。

世の中の繁忙度がますます大になっている際であり、簡潔な一編の力作として論文を提出してもらうのが、自他ともに好都合であろう。

書物への些末的コメント

一般に書物は生活必需品である。本職上あるいは非専門趣味上からも、厄介にならぬ日が、ほとんどない。

印刷・造本学・書誌学や出版業界の慣例、とか云った専門的・文献的知識を持たぬ、ありきたりの一般読者である。だから、いろんな本を読んでいると、さまざまな疑問やコメントを云いたくなる。それらを順不同で書き並べてみよう。関係者から教示なり反論なりを承ることが出来れば、望外の幸せである。

タイトルの「書物」は、「書籍」や「図書」と呼ぶべきかも知れぬ。そこらの正確な区別を知らないので、用語には自信がない。また「些末的」とは、わざと遠慮して、そう云ったに過ぎぬので、実は、本質的に重大な話も含んでいるつもりだ、などの前宣伝は、これで止めて、さっそく各論に入ろう。

1　なぜ奥付は前にないのか

もちろん最後の方にあるからこそ、「奥付」なのだろう。洋書にない優れた慣習である点は、定評のある処だ。しかし同じ内容が「前付」にあっても、差支えないではないか。現に洋書では、扉の裏が、極めて不充分であるにしても、「前付」に該当する。あれを詳細な内容にすれば、本当の「前付」になるだろう。

今ひとつ誰でも知っている例がある。映画の credit title こそ、「前付」ではあるまいか。昨今の映画には、そのタイトルが本と同じく最後に出たり、なかには前後二回出す丁重なのもある。しかし「巴里の屋根の下」のような昔の映画は、まず前付から始まっていたのだ。

2　なぜ奥付を映画のクレジット・タイトルのように詳細に作らないのか

奥付の内容は、一般に簡潔である。それに比べると、credit title は実に親切だ。邦画や英語映画ならともかく、ベルイマン作品等だと、当方に判らぬ単語が長々とつづき、その間我慢せざるを得ないこともある。とにかく制作に絶大の手間をかけているのだから、関係者全員を紹介しておきたいのは、尤もである。

書籍の製造においても、著者・発行元・印刷所や年月日等のみでなく、用紙製造、印刷インキ業者、著者先生を手伝った某氏、タイプ原稿を作成してくれた――多分美人の――某嬢、装丁担当、カバーデザイナー、再三督促に現われた鬼のような編集者、等々が、映画ほど大掛かりではなくとも、大ぜいいるだろう。

最近の流れ作業式マスプロ消耗品の新書版などには、そんな手数は不要である。一方重厚な作物ほど、奥付は詳しい傾向があるのも、確かなようだ。S房の箱入限定出版などは、その見本である。せっかくの労作である以上、せめて関係者全員を列記して記録に止めたい、と思うのが人情ではあるまいか。尤も、後世に残すにはむしろ恥ずかしいのもあるかも知れない。

3　なぜ「かくしノンブル」があるのか

本の中で章が改まるところの、つまり第何章が始まるページだけは、ページの数字が抜かしてある。これがいわゆる「かくしノンブル」だ。

私は、「かくしノンブル」は最も有害な制度だ、と思う。むしろそのページこそ、他の場所よりも、必要性大ではないだろうか。他人が、その論文の参考文献に、誰かの本の章を引用したい、と考えた場合を、想像して見るがよい。ページ数が入っていないから、前後をめくってやっと確定できるのだ。そんな負担を読者に与える必要が、どうしてあるのか、私には全然理解しがたい。

最近は、ページ数を全部下欄に打ち、かくしノンブルを止めた本も多くなった。数年前、上のような私の持論を、ある出版社の部長に話したところ、彼は〈かくしノンブルは出版業界の常識であり、そんな意見は素人のタワ言にすぎぬ〉と、私を嘲笑したのであった。仮りにその常識が事実であるとしても、ユーザーの便利さと、どっちが大切なのであろうか。当然のことを考えて見ぬような出版屋は看板を降ろすべきだ、というのが、私の結論である。

4　初版と二版以後、あるいは初刷と二刷以後、とで読者へのサービス度が矛盾して来るのではないか

辞書などが典型例になろう。熱心な読者は、予約申込みをしたりして、発行を待ち兼ねており、当然初版・第一刷を求める。多分ミスプリントが少なくあるまい。一方、不熱心あるいは日和見読者は、第二版以後になってから買う。そこでは、誤植はかなり直っているだろう。要するに、忠実熱心なユーザーこそ、最優良品の供給を受ける資格を持つ、という商取引の原則――素人なので正確には判らぬけれど、多分そうだろうと思う――が、まさに逆転しているのだ。重大な矛盾ではないか。

むろんこんな点は、すでに誰でも気付いていることだろう。活字印刷出版物の性格上、やむを得ない現象であるのを認めぬ者ではない。しかし、その辺りが何とかならぬものかと、私は何時も考えている。良心的出版社が初版便覧の購入者に正誤表をくれる。もしも振りの客や浮

動読者だったら、正誤表の入手方法がないではないか。

5　なぜ活字の色は一般に黒一色なのか

黒色以外の文字が混じって印刷されている本が、最近は多くなった。図、見出し、punch lineなどを、黒でない色にするのは、非常に良い。尤もこれには、受験参考書などの先鞭がある。しかし基調としては、いずれも黒一色が伝統である。今でも学術書はほとんど黒字である。

ところが文芸的単行本となると、例えば、城　昌幸『みすてりい』（T社、昭三八）、沼　正三『家畜人ヤプー』（T社、昭四五）は、活字が、それぞれブルー、グリーン一色である。昔の本には、そんな発想はなかったのだ。

それゆえ硬い自然科学の本でも、非黒色を使っておかしくないだろう。ただし顔料がちがうと印刷コストに影響するから、商品としての経済性に問題があるにちがいない。けれども青インキで手紙を書くのが行われている以上、ブルーの書物があっても良かったのである。税金対策に関する本などは、青色が望ましいだろう。

それはともかく、読者へのアピールを狙うには、単色刷よりも多色刷が、今後の傾向になることは、確かだろう。ちょうど白黒写真がカラープリントになったように。この点に関しては、学術書よりも、「実用百科」と云ったような雑誌型の本のほうに、章ごとにブルーとブラックを交互に変えるのがあったりして、却って、進歩しているのである。それが極端化すると、婦人雑誌の付録にあるような、ランダム多色刷になってしまう。

6 ラベルを貼ることを予め考えて背の文字を印刷してほしい

図書館に入って本を探していると、著者の名が、ラベルで隠されて、見えなくなっているのが、かなりある。背に貼るラベルの位置から、どうしてもこうなる。

出版社で、そんなことまで考える義務はないのかも知れぬ。しかし図書館や図書室では、分類番号を貼らずに済ますことは、不可能である。だから、やはり出版社で配慮してくれないと、困る。シリーズ名や長いタイトルであったりすると、文字間の空隙が少なくなる点は、無理もないことではある。

7 著者略歴の付いたのと無いのとがあること

著者とか編者の略歴くらいは、奥付かどこかに入れてほしい。従って著者がどんな人か全然判らない単行本もあるのだ。現に私自身がむかし書いた教科書には、著者紹介が載っていなかった。自己宣伝してはならぬとの神の教訓か、当人が泡沫著者によるためか、のいずれかが原因であったのだろう。

略歴と云っても、簡潔なもので足りる。著者の趣味とか生活上モットー等まで書くのは必要であろうか。また貧相な顔写真まで入れて、本人に恥をかかせる義務も、ないだろう。著者自体の解説、という意味があることは判るけれども。

もしもそれが必要であるなら、いっそのこと徹底的に詳しくして、車のナンバー、自宅の坪数、女房の名前なども、書くほうが良い。趣味も、絵・釣・ゴルフ等の一般的なものは平凡だから、知られざる奇癖でも紹介するのが面白かろう。

8　図書館では著者の意向に反して変な分類をするのはなぜか

これは出版社の責任ではない。

書物の日本十進分類法は、完成した体系をもつ一大芸術品である。これによってあらゆる本が分類され、収納される。図書館関係者の労力は大変なものだ。それらの点を、とやかく云うつもりはない。

しかし、である。いかに精密な分類ではあっても、結局は、本を利用する読者のためのものであるはずだ。だから書名自体でなく本の内容そのものに準処して、分類されねばならない。ところが、時として、著者が考える分類の処とまったくちがう場所に、本が入ってしまう。それは、どの部類の中で利用してもらいたい、と思う著者の意志を、全く無視したことになる。

私の知っている図書館では、前節で触れた私の本が、著者の全く希望しない変な分類箇所に入っているのである。分類に当って、著者が相談を受けたことはない。もし質ねられれば、こういう場所に入れてくれ、と即答できたのに、と残念に思うのだ。

それではせっかくのりっぱな分類が泣く、と云うものではないか。ここの処が、どのように関係者に考えられているのか。私は、自分に関した事実に立脚して、発言しているのである。非現実的のことを充分承知のうえで、このように考える。

9　自分の本に赤線を引くのは適切か

若い頃、読んだ本の中に、やたらに赤線のアンダーラインを引いたものがある。何十年も経ってたまたまそれを見ると、恥ずかしく、顔から火の出る思いである。アンダーラインは、多くの場合、当人の智能に対する評価を下落させるに過ぎぬだろう。その上、後で読むとき邪魔になることも多い。

私見では、赤線とアンダーラインは、むやみに引いてはいけない。どうしても引きたければ、鉛筆を用い、後で抹消しうる状態にしておくべきである。

10　メモ用余白の存在は望ましいか

巻末に数ページの余白を設けた本がある。私の経験によると、そんな部分を使ったことがないのだ。むしろ扉の裏、表紙の裏、奥付の空白部などに、メモを書き込むことが多い。あるいは中の各ページの本文の天地左右にもメモする。余白は本の中のほうにあるのが良いようである。

そこで一番望ましいのは、片面印刷の本だろう。こんな贅沢な本にはなかなかお目に掛かれない。私は昔、片面印刷のテキストを作ろうと思って、印刷屋に相談したところ、余りの高額にびっくりして、止めてしまったことがある。けれども極めて教育的であることは間違いないだろう。

11　他人が序文を書くのは適切か

他人の序文というのが時々ある。私は、なるべくなら止めるべきだと思う。折角の優れた内容の本に対し、大先生の拙劣な文章が付くのは、著作を傷つけるものだ。老大家の大時代な文章なども、時折ある。

本の性格上どうしても必要な場合もあろうから、それは止むを得ない。しかし私は、自分の専門著書に他人の文を載せたいと考えたことはない。

よく三人もの権威者が序文を寄せている例にお目に掛かる。書物に箔がつく点は、たしかにあろう。けれども書くほうも無理に賞めている気配のもあって、スマートだとは思わない。漱石の手紙を序文に使用した人が大分いたようだ。そのような超有名人による序文の場合は、そのことだけで、本が歴史に残ったりするかも知れない。

12 左縦書き・右横書きのシステムは可能か

左縦書きが、あっても良いのではないか。

さらに、右横書きはどうか。二つのタイプがろう。

①一行内の文字を右↓左へと読むように印刷する。②一ページの中はふつうの横書きとし、ページが右端から始まるようにする。——このうち②は可能で、①のほうは無理だろうと思う。

しかし上のような新機軸を出した本が出来ると面白いに違いない。

13 著者名の字体を勝手に決めるな

著者の姓名に、当用漢字つまり略字を、使うことがある。著者本人が略字を使っても良い、と云ったのなら、話は別だ。しかしそうでないのに、勝手に略字を用いるのは、失礼ではないか。著者の意向に沿って印刷するのが当然である。

似たことが、手紙の宛名についても成立つ。作曲家の團伊玖磨氏は、宛名を「団」としてある手紙は捨ててしまうそうだ。至極尤もである。團氏と私などとの違いは、当方は略字宛名でも用件を読まぬ訳には行かない、というところにあろう。

14　シリーズ物は完結してくれなくては困る

これは当然のことだ。しかしその当り前のことが行われぬ実例もある。

十数巻の教科書のシリーズがあった。各巻の奥付に「この紙片を全部そろえて小社宛お送り下されば別巻を無料で贈呈致します」との言葉が書いてある。ところが一～二冊だけが何時まで も発行されぬまま二十年以上も経過してしまった。つまりシリーズが完結しない。

一般に、シリーズ物の完成は大事業である。難物の著者が一人や二人はいて、出版社が迷惑している。依頼された原稿は、グズグズしていないで、迅速に書き上げて貰いたい。

無責任な著者をどう扱うか。ピンチヒッターを立てて急場をしのぎ、札つきの著者は村八分にするべきである。尤も、チンピラの執筆者ならそれも可能だけれども、斯界の大ボスの場合だと、あべこべに出版社のほうが村八分になってしまうだろう。

15　書名に含まれる「第n版」について

「第二版」とか「第三版」の文字は、書名に属する。これは当然の約束であり、初版との区別が明らかになる。「改訂版」とか「新版」と云う形容詞の付く書名も多いけれど、それでは、第n版かが判らなくなってしまう。販売政策上は「新版」のほうが恰好の良い点はあるものの、何回目の改版かが不明であるのは、実に困ることなのだ。本来は「第二版」等とするべきではないか。

むろん著者においても、一生涯に何度も改訂出来る訳ではなく、一度しか改訂しない例も多い。一方では、二度も三度も行っている勤勉な人も、また少なくない。だから「改稿」、「改訂版」、「新版」は、具体的とは云えないのだ。

16　「定本」について

文学作品では、詩集の『定本青猫』とか「定本誰それ全集」などがある。一方理科系の作品だと、「定本」なるものが、通常は存在しない。印刷しているうちから刻々と古くなって来るゆえ、「定本」の成立する訳がない、と云えよう。文学のほうは古くならぬのだから、実に幸福だと云わねばならぬ。

少数の自然科学書の古典、たとえばニュートンの『プリンキピア』などは、定本と呼ぶにふさわしい。これに比べ、平凡陳腐な著作物ほど、風化傾向が早く、発行して三年も経てば、存在価値がゼロになってしまう。定本の著者がうらやましく感じられる。

17　献辞を持つ本について

「誰々に捧ぐ」と云うデディケーションを持つ本も多い。捧げられた人が本を手に取れない形のもののほうが、良いのではないか、と私は思う。物故した恩師とか亡妻などが好例である。

初恋の少女に捧げるのも悪くはあるまい。それも、相手に判らぬように人知れず捧げるところに、趣きがある。さようなデディケーションを工夫するべきだろう。現実の彼女に手渡すとなれば、既に豚のように太っているのは、幻滅だからである。

18　公共物である図書について

図書館の本は完全なる公共物である。研究費で買った本はどうか。これもむろん公共物だ。この研究費購入本については、私見では、二つの大きい不合理が存在する。

第一は、公共品であるため、書き込んだり切り抜いたりするような自由有効の使い方が出来ぬことである。

第二として、研究者本人が長年月にわたり本を使い、停年退職等で辞めたときに、図書館に返却すると、理系書物の場合、内容が古くなってしまう。他人が自由に見うるときには、書物として機能しなくなっているのではないか。

とくに第二の場合はかなり問題で、結局公共図書として役立たぬ結果になるのだから、いっそのこと最初から本人に私有物として払い下げてしまったほうが、より適切ではないだろうか。

文科系の本に多いところの、古ければ古いほど価値が高いようなケースとは、話が全然違うのである。

19　書物が増え続けることの解決法はあるか

多くの人は、この問題で大変困っている。画期的な解決法が、むろん私にある訳ではない。いろいろな方法の分類を試みる程度に止まる。次のような項目を挙げ、これに従って論じよう。

①　書庫新築
②　書庫用マンション購入
③　スライド式書架にする

④　マイクロフィルム化
⑤　フロッピーディスク
⑥　新規購入を控える
⑦　古本屋に売却
⑧　チリ紙交換
⑨　可燃性ゴミとして廃棄
⑩　強制焼却
⑪　新しい物性の紙を発明

①→⑩になるほど消極性は大になる。実現不可能なものもある。自分の住む場所さえ満足でない現状では、①、②は幻想小説に類するであろう。いちばん抜本的な方式が⑩で、内田百閒の推奨するところだ。ボーイングB29にもう一度来てもらい完全に焼き払う、と云うもので、実行は容易でない。⑪は私が空想する方法で、発刊後十年位経ったら自然と昇華しガスになるような紙を発明し、用紙に使うことである。

⑦〜⑪は「消極法」と名付けるべきものだ。本がなくても差支えない、と云う心境を養成するところの、東洋的方法である。その背景には、内容を全部頭に入れてしまったからとか、老化してこの先どうせ大して読めないから、といった理由が、考慮出来るであろう。

「旅行」とは何ぞや

われわれは平素、旅行中とか旅行したなどと、口にしている。その「旅行」という言葉に疑問を感じることは、まずあるまい。

私は、たまたま汽車の中でボンヤリしていたとき、どのような行為をもって「旅行」と呼ぶのか、の定義が、それほどはっきり決まってはいないのではないかと、思い当たったのである。『広辞苑』『大辞林』などには、むろん「旅行」の語釈が載っているけれど、細かい点になると不明である。

そんな役にも立たぬことを気にした人は、あまりいないであろう。旅行社のハンドブックにはあるかも知れないが、見ていないので、以下は、全く私ひとりの思いつきである。

いろいろ思慮した結果、私は次の文言を試案として提議する。

「自宅またはその他の慣習的に立ち寄る場所であるところ以外の場所に、一泊以上宿泊すること、を含む外出行為を、旅行という。」

右の文中の「その他」とは、具体的には、勤務先・妾宅・ラブホテル・友人宅・ホームレス人種にとっての駅地下道、等を指す。他にも種々のものがある。

以下、この定義について注解をしよう。

日帰りのハイキングとか、社用で札幌や福岡まで日帰りの往復をした、などは、正確にいえば遠距離外出であり、旅行と呼ぶにはふさわしくない。一泊以上の宿泊をしないと、旅行らしい気分になれないのではあるまいか。

けれども、酔いつぶれて他人宅に一泊する、作家がホテルにカンヅメになる、などは、旅行ではないだろう。役人が予算編成期に泊まり込むとか、卒業論文提出間際の学生が実験室に寝泊まりするのも、同様である。それゆえ単に「一泊以上宿泊すること」だけでは、旅行とは呼びがたい。

「慣習的」の語は、やや問題のあるところで、本当はケースバイケースになる。例えば持統天皇の吉野旅行や徳富蘆花の伊香保温泉行きは、かなり慣習的なものであったから、私の定義を適用すれば、旅行でないことになってしまう。しかし従来の常識では、これらを旅行と呼んでいるようである。

日帰りハイキングなどは、旅行と同じ気分のものではあるだろう。しかし、一般外出に属するような気がする。

旅行であることとの必要条件として、

〈自分の居住地の属する都道府県から外へ出ること〉

はどうか、と考えてみたことがある。しかしこれは著しく不適切な事態になる点が判った。この文言を使うと、神奈川県から都内の会社に通う人びとは、毎日旅行する結果になるだろう。一方、同じ県内でも、新潟や長野のような細長い地域の内部で、北東端から南西端まで旅をすること、あるいは、東京都民が伊豆七島へ渡ることなどは、旅行とはいえなくなって来る。

次に、目的に基づいた区別を、定義に組み入れることも、無理であろう。公用・社用は出張で、私用・観光・保養は旅行である、などと分けることはできない。猛烈社員の百パーセント純粋出張はあり得よう。けれども私などは、公用・私用・仕事・休息・観光・趣味行為が、雑然と混和し、分離区別が不可能なのである。

旅行・非旅行の基準として、遠距離か否かを見るのは、どうであろうか。「遠距離」の意味についてであるが、私の勤務先では、百キロ以上を遠距離と見做す慣例があった。そこで遠距離の人を呼んだおりには、規定の交通費が支給された。ところで百キロ以上だから旅行に属するか、というと、必ずしもそうではない。現に昨今では、百キロ以上の通勤距離の人はザラにいる。また私は、昨年（一九九〇）、神奈川県の温泉に一泊旅行したけれど、その旅行距離が百キロには及ばなかった。

本来は、旅行の定義などはどうでも構わないことだ。要は所期の目的を、的確かつ快適に遂行できれば、それで足りる。

旅行とは何ぞやなどと、窮屈なことを考えたら、旅行が楽しくなくなってしまう、とお感じの向きは、以上の文を無視していただきたい。

案内状・通知状・依頼状

ごく一般的な話題である。しかし組織体の会員・役員・事務局などの各位にとって、無関係とは云えない。私が平素痛感している事項でもあるのだ。

案内状・通知状・依頼状のたぐいは、早目に余裕をもって発送するべきである。期日間際になってよこすのは、最高の非礼であり、人間蔑視にほかならぬ、と思う。その点を強く云いたい。――これが結論である。以下には事例・解説を書く。

突発緊急事態のときは、無理だから、むろん話は別になる。知人の葬儀に参列するために他の予定を取消すことは、絶えず起こる。人命にかかわるのであれば、止むを得ない。しかし慌てることは事実である。それだけに、せめて予め判っているスケジュールだけは、なるべく早く知らせてほしいものだ。

ところが余裕を与えずに案内・通知・依頼を出す向きが、相変らず多い。万事繁忙になり、いちいち気づかっていられぬ事情はあろう。けれども対人関係や社会生活が存在するかぎり、他への気配りが不要になることは、有り得ない。個人的範囲内のことなら、当人のライフスタイルはさまざまである。しかし会議の通知や物事の依頼といった公的事項である以上、それに参加もしくは協力したい人の便宜まで考えるのが、当然の社会的常識にほかならない。

私は某公共機関から料金の払込請求を、期限の七日前に受取った。しかも、払込みをしないとメンバーの資格を喪失する、というきびしいものであった。そんな制約があるなら、なぜもっと早く通知をよこさないのか。多忙・旅行中・入院中・海外出張等であった時は、どういう結果になるのだろうか。通知に対し直ちにレスポンスできぬ場合も、多々あるのである。

Aソサエティの「Please return it（中略）by April 1」と書いた郵便が、March 22 に来た。航空返信は二日や三日では届かぬだろう。B委員会の会議が五月某日に開催された時、その通知はわずか十日前に到着した。遠隔地や繁忙の人は、さぞ迷惑であったろう。AY教授は「C研究会の通知はいつも一週間前に来るため、その時にはスケジュールが詰っていて出席できない時が多い。もっと早く案内を出すべきだ」と、不満を述べている。私だけがそう思う訳ではない。

私が会長をつとめているD学会では、役員会の案内をおそくも二か月以前に発送するよう、事務局に要望している。二か月というのは、計算された意味がある。遠距離からの人を念頭におくからで、出張先での用件や訪問のスケジュール作成があろうし、宿所確定の必要も生じる。また一か月前になれば乗車等の指定券が買える。さらにキャンセルすべき他の予定を調整せねばならぬ。それらのことが余裕時間を与えられぬと、困るのだ。

止むを得ぬ事情のほかは、急に物事を知らせたり頼んだりするような、無礼な男でありたくない、と私がつねに念じているからでもある。

「止むを得ぬ」というのは、私自身が他人から急に連絡・依頼・指示を受けて、直ちに誰かへの頼みごとが生じた際である。必要措置が実行されなかったのを発見し慌てて指示を発したこともあった。「お前だってオレに急に頼んだではないか」と申される向きもあろうから、補言しておく。

結婚式は一年以上前から、国際会議は三年前から、期日が定められる。その気さえあれば、早目の準備は不可能ではない。私の中学や高校の同窓会のような、義務とはいえぬ会合も、一年前に日が決められている。早いほど有難いのである。

私の経験した極端な例を話そう。むかしある男から、当人の結婚式の案内状を、何と三日前に受取ったのである。彼にそれほどひどい仕打ちをした憶えはないのに、何でそんな侮辱を私が受ける必要があるのか、理解できなかった。

会議の通知を遅くよこすことは、わざとそれに出席させないのを目的にした、とも解釈される。現に嫌な奴に対し、そういう手を打つ例が、知られている。

あまり早く通知をもらうと忘れてしまうから直前のほうが良い、と主張する人もいる。およそ自分勝手な意見、と称すべきだ。忘れるのは自分の一方的責任であり、手帳に記入したり貼紙をすれば、それを防ぐことができるはずだ。そもそも「忘れる」という現象は、老人痴呆化でないかぎり、大切でなく扱いたい、との無意識願望を示すところの、消極的拒絶であり、いわば確信犯行為にほかならない、と考える。

手帳に記した会の予定が勝手に変えられるのも、きわめて迷惑なものである。E学会では、せっかく皆で決めた次回理事会の日取が、会長の個人的つごうで突然変更になることが、しばしばだった。その通知が間際に来ることで、時にはスケジュール急速調整が不可能となり、出席できなくなった者も多くいた。これは、他人の粗末なスケジュールなどは、どうせいくらでも変えられると、頭から見下した態度を採っていたからである。

忘れずに会議に出席し意見を云うだけの、比較的責任の軽い場合であっても、以上のことが成立つ。まして、期限までに準備作業を要するような仕事を、急に依頼されることは、多大の迷惑、と考えざるを得ない。

F大学では、事務局から「予算書を一両日中に提出せよ」といった種類のことを命じてくるのが、年中行事であった。前から判っているはずの案件を急に云ってくるのは、おかしいのである。科学研究費申請の際も、用紙がとっくに届いているのに、中央にいつまでも滞留させせて、末端に回付しない。この種の作業は提出までに数日しかなく、一日遅れても被害は大きい。彼らは、事務局が何の目的で大学に存在しているのか、の自覚に欠けていたのである。準備作業で苦労する典型例が、依頼原稿にほかならない。他人に何かを書かせるのは、実は大変なことなので、充分な余裕を与えて丁重に頼むべきである。

私がG学会の機関誌に書くコラム原稿は、数百字の分量に過ぎないが、締切の六か月前にはいつも依頼されていた。またH協会から今頼まれている原稿は、非公式依頼からの時間を含めると、五か月の余裕期間のものである。

私は、二〇〜三〇枚ていどの依頼は最低三か月の期間を与えるべきだ、と考えている。雑文業やタレント教授ならば、注文殺到を次々とさばくだろうから、急に依頼されるのが習慣であるだろう。私が云うのは、普通人間に適用しての話である。

今までいろいろな学会誌の編集を、私は経験しているが、編集上の特殊事情により、慌てて原稿を依頼せざるを得ぬ場面も多かった。実質上——あるいは名目上——著者が「急病」になって、予定にあいた穴を埋める必要が生じたこと、あるいは「ずっと前から頼まれていたけれど、とても書けないから勘弁してくれや」と、直前になって先方から断られたことなど、さまざまである。急病や多忙になりそうな人には依頼せぬ心掛けも、また大切であるだろう、と思われる。

アイデア発生所

目覚めから起床までの床の中、洗顔時、朝風呂、バスや電車内、歩行中、他人の話を漫然と聞いている際——。

ほぼ時間順に並べた右のような状態の時に、ちょっとした事柄を、あれこれと思いつくことが、私の場合きわめて多い。

大げさに呼ぶなら、アイデア発生、である。アイデアというと、ニュートンのリンゴとか亀の子タワシなどの発見発明のたぐいを、思い浮かべがちだ。むろん小スケールの学問的アイデア、仕事上のヒントなども出てくることはあるものの、むしろこまごました雑用が目だつ。便宜上、アイデアの語で話をすすめよう。

書く予定のエッセイ題材案、〈A君にあの件を頼みたい〉、〈BさんとC先生に書状を出さねば〉、〈DをEの中に適用してみたらどうか〉、〈先日発送した原稿の四枚め上から三行めの文言が少しまずかったから修正を申し入れること〉などの種類から、去年六月五日に訪問依頼した件にいまだに応答せぬ無礼なF教授の顔など、に至るまでを、無統制に思いついたり思い出したりする。

冒頭に書いた場面以外のときは、ほとんど駄目である。ことに机の前にキチンと座り、「さアこれから考えよう」と身構えたら、もう全然思考が働かなくなる。机に座る目的は、資料整理などの機械的作業のものにかぎる。

洗顔や目覚めは、皮膚とか脳に若干の刺激を加えるから、幾分の効果をもたらすことは、おかしくあるまい。また一般に、朝方が昼や夜間よりアイデア生成に好適、と感じられる。

寝床・風呂・乗り物・歩行においては、新しい用事を持ち込んでくる人はいないし、無為にボーッとしている時間帯が得られる。こんな状態がもっとも望ましいのではなかろうか。シャーロック・ホームズがよくソファーに長く伸びている習慣だったのは、大いに意味のある行動、というべきであろう。

逆に、会議中に緊迫した討論応酬を迫られる折のような、本来なら最も頭脳の急速回転を要するときにかぎって、頭が硬直して働かなくなってしまうのだ。他人もそうだろう、と主張する訳ではない。

ところで、アイデアを思いついても放置しておくと、すぐ消えてしまう。考えついたことは、ぜひとも定着させなければならない。筆記用具が必要となる。あいにくワープロの使いにくい場所のみである。枕もとには、紙と鉛筆をおく。浴室内の棚には、名刺サイズの厚紙と4B鉛筆をそなえる。ふつうの紙と硬質鉛筆では、湯気に濡れてくると書けなくなる。作家の宇野千代が執筆にはもっぱら4Bを使う、との話を読んで、ためしてみたけれど、私の経験では、B度の高い鉛筆ほど絶えず削っている必要があり、必ずしも能率的ではない。乾燥室内では、HB以上の軟度なら、どれも使用可能のように思われた。

外出時には、胸ポケットにワンタッチ式のボールペンを、手提げバッグの外部の袋部分に厚手用紙を、おのおの入れる。思いつき事項を歩きながらメモすると、階段や交通量の多い所では危険きわまりないのが、難点である。

雨の日の歩行中に、両手がふさがっている際は、すぐにはメモできないし、やれるにしても大儀だ。そこで、イチ△△、ニイ××、サン○○……といったような無言の念仏をとなえつつ、先方に到着して大急ぎでメモをとる。

乱暴にメモした文字は、しばしば直ちには読めない。何を考えていたかを思い出してみて、やっと判明する。翌日ふたたび見て、こんどはあっさり読めた例も、一度や二度ではない。

どんな状況下でアイデアが湧くか、については、個人差が非常に大きい、と想像する。

琥珀色の液体をなめないと着想の出てこない人も、世間には大勢いるらしい。琥珀色も悪くないとは思うけれど、睡眠促進になったり思考力減退の効力が強く、デメリットになることも考えられる。

ヘビースモーカーの話によると、諸雑念をフィルターして所要アイデアだけを抽出残留させるという作用が、タバコにはあるそうだ。禁煙中または非喫煙の人は、愛煙家から、「だからお前らは、よいアイデアが出ないのだ」と、非難される可能性もあるだろう。

私説「スケジュール学」

1　本稿の目的

スケジュールと一口に云っても、内容はかなり複雑であり、公用私用が入り混じっている。また非学問の事務的なことだけとはかぎらぬ。学会旅行の計画をたてる、講演申込みをする、論文原稿を書く、などの学問的スケジュールもある。スケジュールは秘書や事務員の管轄だ、と片づけてしまうのは、妥当とは云えない。

尤も、スケジュール処理法のような仕事は、本来システム化してロボットにやらせればよい種類のものではあろう。しかしそこまで技術が普及しているのではないから、やむを得ず人力に頼ることになる。おなじ人力でも、秘書がいればそれに担当させるべきだが、私などは終生秘書を持つ身分ではなかった。何事も自分ひとりでやるしかなかったのである。

スケジュール処理法などは、誰も教えてくれない種類の話である。私は試行錯誤を重ねたすえ、下述のようなノウハウ――と呼ぶほど大げさのものでないが――を蓄積した。参考書は世上にすでにあるかも知れぬが、見ていないから、これはまったく我流試案である。

2　スケジュールの大別と内容

スケジュールとして考えうる種類を、表1に整理してみた。実例をたくさん書いても煩雑だから、数例ずつ記した。

スケジュール種類を仕分けするのに、袋・封筒・ファイル等何でも差支えないけれど、私は引出の多数ついたトレーを用いている。

表のA1—C2の合計10コの引出を設けると、完全になる。ただしAとBとをいっしょにしてもかまわぬ。また細目の部分を無視してA、B、Cの3種類だけにしても差支えなかろう。私自身は細かく分けるほうが仕事はしやすいだろうと思っているが、逆に、なんでもゴッチャにしないとうまくやれぬ人もいるはずで、要はその人に適した方式を用いるべきである。

AとBとは、自己が行動を起こすことは同じだが、Aが純粋自発行動であるのに対し、Bは非自発である。仕方なしにか、あるいは喜んでのことかは、どちらでもよいが、とにかく依頼または命令による仕事がBとなる。

これらにくらべ、Cは別種となる。他者へ依頼・注文・指示をして、それにレスポンスが戻ってくるのを待つ、といった、あなた任せの状態である。これを「待物」と称することにした。待物の入った引出だから「待物箱」である。

3　必要時間順のこと

A、Bに属するものは、必要時間順——正確には時刻順というべきか——に重ねておくべきである。旅行や入院中でないかぎり、毎日A、Bの引出を点検して、きょう・明日・明後日・今週中何があるのかを、確認すればよい。これを怠ると、無断欠席などのミスをおかす。

必要時間というのは、必ずしも会議開催日に一致しない。アンケートや原稿などといった、締切当日になってはもう間に合わぬようなものは、締切数日前あるいは数週前の時点を、作業開始必要時間とする。これらは他から指示されぬものであり、自分で決定して、そのことを手帳やカレンダーに記入し、メモ紙片も記して引出中に入れる。

4　「他者への依頼」、「他者からの依頼物」のときの注意

「他者への依頼」（A2）、「他者からの依頼物」（B2）の両者は、立場を異にするだけで、結局は同一となる。つぎのような注意事項を述べたい。

私などは1回の手紙中に用件を何種類も箇条書きで述べることがある。一種につき一枚では書く側が非能率的だろう。受取ったほうでどうすればよいか、を考えよう。私からの要望、と見て頂いてもよい。

依頼事項を書いた部分の紙自体あるいはそのコピーを、用件ごとに切りはなし、生じた短冊を一件ずつ別べつの紙片に貼る。それらをB1、B2、……の引出に入れておき、後日処理するの

である。一枚一目的にかぎるほうが整理上便利であるからだ。そうでないと、どれかの用件をミスしてしまう。たとえば年賀状に何か用件や質問を書き入れても、それに応答してくれる人は、ほとんどいない。年賀状は一般に賀状自身であることのみが目的であり、他目的を含有させるのは原則に反するのであろう。

用件がいずれも簡単で、即座に全部を処理できるような場合ならば、上記の手間をかけるには及ばないのである。

5　礼状・受取返事のこと

A2の礼状や受取返事のたぐいは、大事な作業でなければならぬ。どうでもよいつまらぬもの、相手が送ってくるのが当然であるものは、返事不要と思われる。

しかし、相手に依頼し先方で骨を折って作成し届けてくれたものに対しては、受取ったと挨拶するのが、礼儀であろう。お互いに忙しく、面倒な挨拶は不要なので、「受取りました」と一言書けばよいのだ。その点の常識の欠けた人がかなり多い。目的を達しさえすればよいというのが当世風かもしれないが、ゴルフに行く暇がある以上、二〜三分で返事を書けぬはずはないであろう。

6　同一物で準備作業の程度のちがう場合

同じ会議で、立場によって、B1であったりB2になったりする。教授会などがそれに該当する。一般ヒラ教授は定足数を満たすために出席し居眠りしていてもよいが、学部長・評議員・教室主任等になると、報告や発言をする義務があり、頭の内部がすっかり整理されている人は別格として、予め云うべき内容を準備整理しておかないと、慌てること必定である。

また「確定申告」などの作業の面倒さは、人によって大層異なるはずだ。複雑怪奇の収入支出の多い政治家とかバブル経済人などではB3であろうが、私などはB2でこと足りてしまう。

7　「待物」の諸問題

「他者への依頼」を行なったのちに、それが「待物」となる。依頼用件のコピーやメモは必ず作成するべきである。コピーがないと、頼んだこと自体を忘れてしまう。尤もそのほうが、相手側ではやらなくて済むという功徳はあろうが。

コピーを残してあれば、「何年何月何日付であなたに頼んだ用件はどうなったか」との問合せが可能だ。私は依頼事項はすべて「待物箱」に入れてあるので、放っておけばそのうち忘れてくれるだろうと、私に期待していては困る。いつまでも追求すると、シツコイと思われがちであるが、その者がキチンとやってくれぬのが原因なのだから、私の責任ではない。

「他者への依頼」を、口頭で行うのは、経験によればあまり良くない。とくに懇親会の席上で何か頼むことは禁物である。一杯機嫌で「ハイ承知しました！」と調子よく請合って、それきり忘れてしまうに決まっている。依頼したという証拠も残っていない。依頼方法は、手紙、

ＦＡＸ、文書メッセージのたぐいにかぎる。

尤も文書で依頼した時でさえ、相手が紛失させたり処分したりしてしまって、あとで質ねると「そうでしたかね」などととぼける者もいる。だから「待物箱」に入れたからといって、安心はできない。要は先方の人柄いかんが重要である。

「待物」中で特異なのが校正である。原稿を提出したことに基因する点では、Ｂの特例とも見なしうるが、先方任せにはちがいないゆえ、待物に属する。特異と呼ぶ理由は、①突発的に生じる、②時間の余裕が与えられない、③他のスケジュールを暴力的に排除する、の特性を有するからで、スケジュール処理上もっとも厄介な代物である。

8　補言

スケジュールの立てられぬような種類のものは、表1に入れなかった。新聞社からの記事依頼などは突発性だから、スケジュールに入りにくい。

人の葬式もそうである。何時かは実施することにはなるものの時期は判らぬ、という性質があるから、やはり待物に属する。また上述の①、②、③がすべて該当するため、校正に似ている。がん患者になって告知される時、およそのスケジュール立案が可能であり、B3にあてはまる。従って告知はきわめて望ましい。私がかりにそんなケースになったならば、告知されぬと困ると考えるだろう。

表1　スケジュールの種類

大別	細目	期限有無 [a]	実例
A　自発行動を要する	A1　期限あり	○	会議招集 学会発表申込 旅行日程作成 賀状
	A2　近日中作業を要す	○～△	他者への依頼 礼状 受取返事 議題整理
	A3　そのうちに作業したい	×	著書 投稿原稿 書類整理 文献整理
	A4　特に期限なし	×	調査 勉強 私用 行動メモ アイデアメモ 老後生活設計
B　通知依頼を受けたことに基因する行動	B1　ほとんど準備不要	○	教授会 披露宴・法事 依頼物への返事
	B2　若干の準備作業必要	○	他者からの依頼物 アンケート返信 依頼原稿（コラム、巻頭言、エッセイ） 論文査読 確定申告
	B3　相当の準備作業必要	○	依頼原稿（総説、論考） 依頼講演
	B4　年単位の準備作業	○	依頼著作 編集本 国際会議
C　他者からの連絡	C1　連絡返信を受取ったあとで自発行動を要する	○～△	アンケート集計 会合幹事 資料編成 校正
	C2　返事を受取るだけでよい	×	簡単な用件

a）○：あり。×：なし、△：中間（はっきり「あり」とは云えないが無期限ではないもの）

年月日

芥川龍之介と小島政二郎の二人が、ある日、団子坂を訪問すると、観潮楼主人は、書斎の畳の上に、北條霞亭の手紙二十通ほどを並べて、あっちこっち動かしながら、比較検討していた。これらの手紙には、月日のみ、ものによっては日だけしかなく、内容をよく読んで年月日の順に整理しなければならぬ、と言うのであった。

「そんなことが可能でしょうか」との小島の質問に、「少なくとも不可能ではない。抽斎の時も、蘭軒の時も、これと同じ方法を用いて成功した」と答えたそうである（小島政二郎『鷗外荷風万太郎』文藝春秋新社・昭和40年）。

澁江抽斎・伊澤蘭軒・北條霞亭の、いわゆる史伝三部作は、こういった格段の労力のうえに成立していたことが、判る。あたかも欠落したデータから犯罪事実を完全に構成しようとする探偵の作業にも、たとえられるだろう。

手紙を書いた当人から見れば、後世の探索家の便宜まではかる義務は、まったくない訳だ。

当座の用件を伝えるだけなら、日や月日のみで、こと足りる。少し前までは、私の一世代前の人の書く手紙でも、同様であった。

時が移って、現代の情報時代ともなると、手紙だけでなく、さまざまの書類を、作成・発送・受領することが、頻繁化せざるを得ない。用件が年のオーダーに及ぶことも、珍しくないのである。現に三年先の国際会議の案内まで舞い込んでくる。

年月日を正確に記入しておかないと、お互いに混乱するし、後で、何年のものだったかを調べるのが、鷗外のときのように、大事業となってしまう。

書類は、世間の常識上の「書類」だけに限らない。私の考えでは、名刺・発信手紙コピー・受信手紙・公文書・会議資料・原稿・パンフレット・広告・新聞切りぬき・自筆メモ・写真・チャート類（心電図など）等々の、消耗用紙以外の、紙類一切であるものが、書類となる。雑誌書籍も、本当は書類にちがいないが、ファイル化できないので、格別とする。

公文書や外国郵便は、まず年月日から書き出す形式になっているので、非常に合理的である。私は、年月日、相手の名まえ、自分の名と住所・電話の順に記してから、手紙や本文に入る習慣にしている。情緒に欠けるケースもあるかも知れないが、やむを得ない。住所・電話を付記するのは、相手が封筒を捨ててしまっても困らぬように、との意味である。

年月日や名前が最後に来るような、昔の日本式だと、ついこれらを書き落すこともあろう。日付の抜けた手紙をもらったとき、後日、「何月何日付のお手紙によれば云々」といった文言を言えないから、代わりに「何月何日に私が受領したお手紙云々」と書き送ってやる。先方では、何の話をしたか忘れていることもありうる。

それゆえ来信物には、つまらぬ用件を除いて、必ず年月日を記入しておかねばならない。受け取った年月日がのちに重要な論点や証拠になる場合も、勘案するべきである。


一方、日付の入らぬ書類も存在する。名刺が、その例にほかならない。私は名刺をもらって来ると、裏面に、ゴム印で年月日を押す。時には会合の場所、相手のしゃべった有益な言葉を、併せてメモすることもある。後日の証拠に使用するため、などといえば、恐れをなして名刺をくれる人がいなくなるかも知れない。

それはともかく、年月日だけは絶対必要で、これさえあれば、当日の状況の記憶を再現できるだろう。


日付印刷が可能のはずなのに、行われない例として、新聞切り抜きを挙げたい、と考える。

新聞紙のなかの必要記事を切り抜くと、とたんに日付不明になってしまう。そこで、私は切り抜き分の余白に、いちいちゴム印で年月日を入れたうえ、引出しに放り込んでおくが、この操作はけっこう面倒なのである。

写真でさえ、今は撮影年月日が自動的に焼き込まれるようになって、整理上大助かりであり、どれほど社会に貢献しているか計り知れない。従って新聞でも、日付を、あらゆる記事ごとに、「(4・12・31)」のように入れてくれると有難い、と思う。そもそも私は、新聞全体を切り抜きの集積物、と見なしているのである。

右の趣旨を以前、A新聞に投書したけれども、没になった。制作側からすれば、そんな無駄はナンセンス、と思うだろう。しかし、利用者の便宜を配慮する発想も、また重要ではなかろうか。私の意見をかように披露して、各位にお考えおき願えれば、と希望する。

自分の書く原稿類でも、本職の論文からペンネームのエッセイに至るまで、メモ・下書き・浄稿等の各制作工程の年月日を、心おぼえのため記録している。

大作家ならば、そのようなデータは作品研究の重要資料になるのだけれど、凡人の場合は紙屑である。しかし、後日チェックすることもありうるから、原稿コピー類といっしょに目下保存してはいるものの、溢れ出してくれれば、可燃ゴミに出さざるを得ないであろう。

ペンネーム

昔はペンネームを雅号と呼んでいたが、雅号は元来、姓を含まぬ名だけのものではなかろうか。現に夏目漱石が小説を新聞に連載したときの署名は、「漱石」であった。鷗外、露伴等の初出作品でも同様だったであろう。

有名でない同号別人もいたかもしれないが、漱石の夏目、藤村は島崎、荷風が永井、と相場が決まっているなら、姓は抜けていても皆が判ることではあった。

その漱石が例えば大正三年に『こゝろ』初版本を出した折りには、本文の冒頭に「漱石」の名が出てはいたけれど、奥付の著作者は「夏目金之助」なのであった。

旧制高校のころ、正宗白鳥の『作家論』を創元選書で読んださい、奥付には「正宗忠夫」となっていたことから、白鳥の本名を知ったのであった。

芸術作品を世に公表するときには架空の雅号を用い、一方で検印を押すとか印税を受取るなどの世俗的商業行為をなすのは、生身の人間の金之助や忠夫であるから、白鳥くらいまでの昔の作家は合理的思考による使い分けをしているな、と私には思えた。

それが、昭和平成の現代作家になると、雅号は「ペンネーム」と近代化し、雅号芸名的表現から変じて普通の姓名に近いものになった。さらに前述のような分別使用もあまりお目にかからなくなった。作者が三島由紀夫ならば、奥付の著者も同じ名であり、平岡公威ではないのである。

谷崎潤一郎、芥川龍之介、佐藤春夫のような、本名で書く作家の場合には、そんな面倒な点を考える必要がない。彼らが、本職として小説を書くのだから本名で発表して当然、と考えたのか、あるいはペンネームを本名と同一にしたのか、のいずれであるかは、よく判らないが、たぶん前者が正しいのであろう。

それに比べると、公務員・会社員・理系人間などが、身分をかくして創作などを発表する、といったような、余技または変身の場合に、ペンネームが必要となるのである。

野尻清彦の大佛次郎、阿部章蔵の水上瀧太郎、佐野昌一の海野十三などが、該当例であろう。

ペンネームの付け方を「変身度」で分けると、次の六段階になる。㈠ペンネームなし。㈡本名漢字の発音だけ変える。㈢同発音異漢字名。㈣名前の一部変更。㈤名前を変える。㈥姓名全体を変える。

㈠の例は中村眞一郎、安岡章太郎。㈡の例は横光トシカズのリイチ、伊藤ヒトシのセイ、松本キヨハルのセイチョウ。文字面だけでは㈠と同じである。㈢の例は井伏満壽二の鱒二、般若豊の埴谷雄高、星野辰男の保條龍緒。㈣の例は泉鏡太郎の鏡花、小栗榮次郎の虫太郎、星親一の新一。㈤の例は高木誠一の彬光、山田誠也の風太郎。山田は昔はカゼタロウだったはずだが、いつのまにかフウタロウになった。

㈥は非常に多い。理系本業の者が推理作家になった例には、春田能爲の甲賀三郎、木下龍夫の大下宇陀児、林䫻の木々高太郎、遠藤敏夫の蘭郁二郎がある。また遊戯的変身の例が、岩田豊雄の獅子文六、福永武彦の加田伶太郎、遠藤周作の狐狸庵山人である。

右に述べた変身は、二足のワラジとかマルチタレントなどにも結びつくだろう。森鷗外もそうであったが、鈴木幸夫の千代有三、堤清二の辻井喬などは、二足ワラジの変身例といえよう。

本名では具合が悪い場合もある。大学教授がポルノ小説を発表する際などは、ペンネームになるだろう。顕著な例が江戸川亂歩で、今は常用漢字なので江戸川「乱歩」だけれど、あのおどろおどろしい非良俗的世界を伝えるには、「亂歩」が極めてふさわしかった。平井太郎では、書くことが不可能である。

私のペンネームも㊅に属するもので、仕事のケジメないし気分切り替えの意味がある。もともと非常に固い感じの本名なので、本業の著書の名義のほうはやむを得ないことだが、エッセイ類を書く折りは頭を切り替えてペンネームにすることを、三十年前から実行している。

世間には、崎川範行とか糸川英夫などというマルチタレントの先生方がいて、いろんな分野の本を本名で書いているが、私自身は、専門と非専門とを正確に分別しており、そのほうが健康にもよいのである。これは、その人の性格や主義にもよることで、他人についてとやかくは言えない。

大学教授・学科主任・教室会議

学科所属の大学教授であるかぎり、一回以上は学科主任を勤めることになるだろう。私の経験した頃は教室主任と呼んでいたが、どちらでも同義である。

在職中に何度やるかという回数は、人によりかなりマチマチである。私は4回もやらされ、教室の歴代教授のなかでは多い方であった。主任期間中は研究を妨げられるので、多くやるほど研究業績はあがらない理屈になる。

私の出身大学で、卒業後の話になるが、M先生は二〇年近く教授に在籍し、その間一度も主任にならなかった。弟子の一人は後に「M先生が主任になると教室が大混乱するに決まっているからやらせないのだ」と、私に説明した。思いやりのある同僚弟子たちに恵まれたM先生は、世俗を避け独創アイデアを次つぎと発表できたのであった。

一般には、どこの大学でも、自分から志願するような俗人は別格として、行政適性がなくとも、回り持ちで主任をやらねばならぬことになっている。選挙で選ぶのであったならば、私なぞが主任に当ることは有り得ないのである。

学部長や評議員などは、任命権者から辞令をもらう正式職名である。ところが学科主任は正式職でなく、辞令も出ない。官公庁的正式経歴書には記載されぬ、と思われる。私大ではそこら辺が違うであろう。国公立でも将来は正式化するのが妥当、と言うべきである。

辞令のない以上、手当もむろんタダである。某有力私大では、月額数万円の主任手当が出ている事実を、私は聞いている。激職であるから、それくらいは当然である。そうなれば、銀行ローン返済のための主任志願者が現われるかも知れない。

主任は、上部会議に出席したり、教室内の会議の議長を勤める義務を負う。学部長が開催する教室主任連絡会議があると、時には学科の利益代表を演じねばならぬ。増設講座割当配分の時などが、そうである。役人上りの老獪な教授が他学科にいたりするので、政治力大の主任を持つ学科が、その際にトクをすることもある。

主任として教室会議を主宰した経験では、なかなか思い通りに議事が進行しない。第一に何事につけてもネチネチとからむ若手助手がいる。第二に金銭問題に関し格別にうるさい女性教員がいる。第三に既決事項を蒸し返して止まぬ古手助教授がいる。第四に皆が決めたことを平然と引っくり返す長老教授がいる。——といった具合であり、心労の原因になった。営利企業のような厳正リアリズム社会と全く異なり、会議運営がどんなにいい加減であっても、皆が無事に俸給をもらっていられたのは、考えると不可思議な現象に他ならない。

主任の権力が絶大であるような私大も存在するけれど、私の勤めていた大学では、主任に何の権限もなく、あべこべに義務責任のみ過大で、かつ皆から文句を言われつづけた。全くボランティア活動そのものである。

面倒な主任業務からうまく逃がれて研究論文作成に専念出来たら好都合だったであろうが、そんな高等技芸を私は持ち合わさなかった。主任を避けうる能力というか、嫌なことを拒否しうるエゴイズム的パワーといったものが、研究者として存立するためには必要ではなかったろうか、と反省することもあるのである。

ストレスは高からず低からず

「年の頃なら十六、八　背は高からず低からず」という形容句を、子供の時から記憶している。今ならさしずめ適正値とでも呼ぶところだ。何事にも最適範囲があることの好例であろう。

さて人間の骨は、生体機能材質にふさわしく、人間らしい感情や意志を持つらしい。重力や圧力などのストレスを付加すると、「コン畜生」とばかり反発し発奮して成長を始め、結果として骨密度大になる。一方骨密度の低下したものが、骨粗鬆症にほかならない。宇宙飛行士が無重力空間で生活すると、骨が減って来るため、適当な運動を欠かせない、と言われている。骨にかぎらず、人体の諸器官は、ソフトである人間自体と同様に、なるべく楽をしようとする怠け者であって、退化を防ぐには、ストレスを加え続ける必要があるのだ。

もちろん圧力が強すぎれば、鉄道の人身事故の時のように、骨は損傷あるいは破断する。ストレスは高からず低からず、のかね合いの大切なことが結論される。

人間における心的ストレスの場合にも、似た状況が成り立つのではあるまいか。例として嫁姑戦争を考えよう。姑は嫁の一挙一動が気に食わぬので、滞在日数ないし同居年数の大になるほど、姑側ストレスは高まることになる。ところが、姑を安楽隠居状態にし何もさせないと、急速に呆けてしまう。ゆえに嫁との間が冷戦緊張状態にあるほうが、むしろ痴呆化しにくく、健康長寿を保てるのだ、とする説もある。

尤も立場を変えれば、頭上の重しが何時までも取れぬ状態は、嫁側ストレスを継続あるいは増大させるに違いない。しかし嫁を教育するには、若干の加圧もまた重要である。要するに姑ストレス・嫁ストレスともに、各適量が望ましいであろう。

話は変わるが、現代の子供は、親の過剰または過小の期待に耐えきれずに、非行に走りもしくは登校拒否になって、挫折する。父親は、自分の轍を踏ませたくないからこそ、当然期待するのだ。本来なら、期待というストレスで張り合いが生じ、いっそう努力する気を起こすはずである。また期待されなかったなら、されないこと自体をバネにして、「コン畜生」と発奮し、いっそう努力する気を起こすべきである。

ところが敗戦以後は、子供や学生の自主性にまかす、といえば聞こえは良いが、要するに嫌なことはやらなくて済み、強制圧力は封建制遺物、とされるようになった。嫌なものを避けることは、一般に定年後にやっと実現出来るものであって、子供の時は、我慢することを学ぶ必要もあるのではないか。かつて戦中戦後に体験させられたような特別極端な我慢は困りものではあったが、今のようなストレス完全排除教育では、若者が、人間の骨にすら劣るところの、それこそ骨ナシ人間になってしまうだろう。いわゆる学級崩壊という現象の到来は、そのような必然的結果にほかならぬように思われる。

圧力とかストレスというと、直ちに権力階級の意志などと短絡する向きが多いけれども、権力などとは関係のなさそうな、たとえば依頼原稿締切日のようなストレスも、怠け凡人には必要欠くべからざるものである。

何が無駄であるか

世の中には、誰が見ても全く無駄、と云うべきものが存在する。数年まえ全国各地で発行使用された「地域振興券」は、その好例だ。完全な税金の無駄である。あんなものを案出した政治家連中がいかに低能か、の証明になった。

テレビ番組で、タレントが相手の顔にパイを投げつける光景も、食材の無駄奨励ばかりでなく、醜悪感をもたらす。食物を粗末にしない習慣の年代の者には、正視できぬものだ。そのうえちっとも面白くない。

これも一部分は私見だが、参議院・天下り用各種法人・レジャーランド大学助成金も不要で、つまり無駄に他ならない。最後のものは、憲法違反との説もあるくらいだ。

以上については、止めてしまえば節約になり、話は簡単のはずである。最も、止めうるか否かの問題が、現実には厄介であるだろう。

これに対して、趣味・娯楽・教養・気配り等々に属するものが、何となく無駄とか削減対象として扱われる例が、最近とくに多くなって来たように見える。効率能力実績優先主義の風潮が大きく関係することだ。真に無駄と云い切れるかどうか一考を要するケースが、ほとんどである。具体例をいくつか挙げてみよう。

東京都知事が、平成十三年度末をもって、生涯学習制度「都民カレッジ」、「東京都近代文学博物館」等を閉鎖した。利用者が少数、利益が挙がらぬ、事業の必要がない、などの理由による。都立の各大学が年間赤字百何十億円、と昨年も発表した。これらを民間企業と同じように整理の対象と見る訳で、言葉としては使っていないが、「無駄」と考えていることは明らかだろう。

次に気配りの例。多くのスーパー店では会員カードを発行し、客が買物時にサービスポイントを加算してもらう。スーパーDPでは、カードを忘れた客が後日レシートを示して加算してもらえる仕組に、従来なっていた。他店に比べ大いに気配りがあった。ところが、今年それが廃止になってしまった。このような直接の利益にならぬ仕事は整理する、といった営業合理化は、たしかに尤もである。けれども、要するに気配りは利益にならず無駄である、といった冷酷な判断になった次第で、利用していた私は、何となく心に引っかかるものを感じた。親切な店と客に思わせることを止めてしまうのが、長い目で見て良かったかどうか。

今の各例のように、直接目に見える利益業績のみが尊重され、表面に出て来ないような裏面の努力や気配りや他者への奉仕やが軽視される。要は利益評価にならぬことで骨を折るのは損である、といった、殺伐としたアメリカ式精神風土が、日本だけでなく、世界中を席巻しつつあるようだ。

わが国で従来行われていた年功序列や護送船団方式とかは、日本的な無能力者の楽園であって、そのような無駄な制度は今後の競争社会に適応し得ない、という理屈は、いろんな人から説かれていることで、主旨はしごく尤もである。しかし、そのような日本式習慣が、弱者をいたわり皆で共存しようとするところの、気配り社会、を形成していたことも、見逃すべきではないだろう。

むろん無能力者を公平に扱え、というような無駄的やり方は、適当とは云えまい。けれども一方、弱肉強食の競争社会が進むと、米国のように、汚い手段を使ってでも他人他国を打倒し、とにかく勝てばいいんだ、と云っているのが立派な行為、との結論に落着くのではあるまいか。

我が国の御用経済学者たちが、「努力する者は報われるべきだ」と、しきりに述べている。これは、ナマケ者は落ちこぼれて当然であり、今や自己責任の時代である、といった強者の論理であり、また強力な悪人の自己弁明、にも受け取れる。スターリンや徳川家康も、たしかに努力したのである。

これからは、利潤や業績を急速に挙げられるのではない無駄、を省いた余裕のない効率的生活をすべきだ、と考えただけで、気分の悪くなる人も、少なくなかろう。

リストラや人員整理について見よう。経営合理化と呼べば言葉は良いが、結局は無駄人間は要らぬ、と云うことだ。人間は個人個人は掛け替えのない存在で、無駄と称するのはおだやかでない。しかし、公人社会人として無駄と見做され整理されるのである。さような人間が多いということは、日本の人口がそれだけ過剰のことを意味する。従って、少子化こそが望ましいのである。そうなれば一人一人がより貴重な存在になる。少子化反対とかその対策とかが、しきりに論じられている。しかしそれは近視的意見に過ぎない。少子化反対の論拠として、高齢者の負担が大きくなるから、との理由が挙げられている。それは、止むを得ぬことなのだ。遠い将来のためには、今後数十年あるいは数百年にわたって高齢者が相当の犠牲を払う必要がある。過剰な日本人の人口の年齢分布を、より適正なものに徐々に変えて行くべきである。私の見解に異議のある人に対しては、「それでは自分がリストラされるのが良いことなのか」と反問を呈したい。問題は、長大な時間を必要とし今ただちに間に合わぬのが、難点であることだ。

効率人間主義から見ると、最も無駄な存在と考えられるのは、役立たずの高齢者や障害者、ということになってしまう。私が老齢年金をもらって生きていても、社会的実用にはなりそうもない。利益実績をつきつめれば、これらを廃棄処分すべし、との結論に帰着するにちがいない。ナチスドイツの人種政策のやり方である。SF的ミステリーには、一定年齢に達する人は処刑される、といった法律を施行する話が、よくある。「楢山節考」の世界だ。「国民は痛みを分つべし」と現在の総理大臣は絶えず叫んでいる。それゆえ彼が国民に対し楢山法案を制定することになっても、おかしくはないのである。

さらにいっそう極端な話を紹介する。人間の人体自身に無駄があるか否か、という点。結核で肺の一方をなくした人は少なくない。横溝正史などがそうである。このような現象を誇張拡大すると、怖るべきフィクションになる。海野十三の『俘囚』や『蝿男』に登場する外科医たちが、人間の内臓のうち無くても良いものを整理すれば頭脳の働きが二〇倍になる、と称して、肺・腎臓・胃・手足などを切除し「人間の最小整理形体」を作り出す。そして必要に応じ人工手足を付けて活動させる。このような自然を無視した奇怪残虐な生体ミステリーは、海野の得意とする発想であり、一度読んだら忘れ得ないものだ。ちょうど高等宇宙人が人間モルモットに対し生体実験を加えるシーンに出て来そうなＳＦに近い。ゾウの鼻やキリンの首を短く出来ないか、と思いつくのと同様な話だが、自然における生態系に無駄があるかどうか、を反省させるテーマではあるだろう。

経済音痴高齢者の日本経済論

口上　昔から金融経済の知識が欠けている。商売経営などの利潤追及の経験能力はゼロである。そんな経済音痴人間でも、国家の経済政策の影響をモロに受ける。そこで種々の初歩的疑問が生じて来る次第だ。以下の文言を、尤もと思ってくれる人がどの位いるかを、知りたいものである。

円高円安　円安が進むと国民一人一人の財産価値は低下する。資産の一部が盗まれるに等しい。国民の財産を損じても自動車産業等の利潤の方が大切である論理が、よく判らない。一般国民の生命財産を守るのが政治家の役目ではなかったのか。

消費税　エコノミストMKは、現在五％の消費税を二八％に上げるべきだ、と主張する。つまりMKは庶民に「死ね」と命じる訳だ。より少額の値上案も政府与党から予告されている。容易に取りやすい所から吸い上げる姿勢が強い。貴重な税金を節約しようという視点が、全くないのだ。従来の実績を見ると、無駄な人事・法人・事業に多額の税金を投入している。その上軍国主義国家に対してまで支援金を差出している。いくら多量の税金を徴収しても、ザルに水を注ぐようなものだ。

物価　消費税値上げ論者は、外国のそれが高い事実を根拠にする。しかし彼らは、わが国の物価が格段に高い点には、故意に触れないのだ。物価が安いなら、消費税はそれほど苦にならない。ところが以前税制会長KHは「物価と税制とは関係ない」と称して、このような重要課題を押しつぶした。

不良債権　借金借物を返さぬなら泥棒と同じである。お金は、お札自体ではなく金額を返すのだから、本や写真を返すのより容易のはずだ。借りた以上返すのが当然であり、不良債権の永続的存在という現象を、私は理解できない。返さぬのを当然と心得ている人間は、社会に生存すべきではない。

超低金利　ゼロに近い超低金利は、当初一時的緊急措置のはずだったのが、一向に快復しない。受取るべき金利が一片の政令で収奪され、国民の財産権を侵したのだから、法律的強盗行為に他ならない。もと日銀総裁MYなどの責任者は、逮捕起訴されて然るべきだ。それなのに今の強盗行為自体が、政府により容認保証されている。手厚く保護されている犯罪者がその行為を止めるはずはない。

老人医療費　平成十四年十月に老人医療費の計算が著しく変動した。個人ごとに計算が異なるけれど、私の場合この時点で四・四倍にはね上がった。高齢者いじめの典型である。老人医療が日本経済をそれほど圧迫しているのかに、気付かされた。生活防衛のため通院を控える老人も増えるはずだ。老人の病死数も多くなるに違いない。日本経済は若干楽になり、政府財政当局は有難く感じるだろう。

老人は金持か　高齢者の平均貯蓄額が二、△〇〇万円だそうである。従って裕福老人は優遇すべきでないと、政府や御用経済学者は主張する。第一にその程度の金額で裕福と云えるか疑問である。第二に預金が多少あったにしても、もともと政府が信用出来ぬので、自存自衛のため預金して来たのに過ぎない。その結果をみて難癖を付けるのは、まるで悪徳商法そのものではないか。

結言　日本経済は、日銀総裁や天下り高級官僚等のためのものではないはず。私のような高齢者兼経済音痴である者を含むところの、一般庶民のために、存在するべきものではないか、と思う。

遺失物取扱所

誰でも一回以上はご厄介になった所だろう。今は「お忘れもの取扱所」と表示されている。以前は長いあいだ「遺失物取扱所」であった。英語は「Lost and found」。こちらのほうの変化は、多分あるまい。

風変わりの論理家であった内田百閒は、かつて右の看板を見て、「無くなった物がどうして取り扱えるのかね」と、文句をつけたそうである。

確かに尤もな理屈で、日本文の特長が現われている。「お茶を沸かす」、「私の靴を買った」など、実例はいくらでも挙げられる。そのままを英語では言えない。日本語の非科学性として批判されるゆえんだ。「お忘れもの」のほうが、幾分かは科学的であるだろう。

けれども見方を変えると、日本語の精妙さないし親切さを、表現しているような気もする。お客の忘れた物品を駅員が回収して取り扱うのだから、主語は転換して、ストーリーが飛躍してくる。「お茶」や「私の靴」も同様で、いきなり結果を表に出してしまう。論理的ではないにしても、相手に話を迅速に判らせようとする気配りが、そこにあるのではないか。

日本文においては、元来『源氏物語』などが例となるように、長いセンテンスの中で主語が自由自在に変化できる。それを、おかしいとも思わずに、平気で読んできた。短い文言でも、全く変りはない。駅の「遺失物取扱所」が好例だ。

否定形質問文への答え方を見るとよい。欧文では、第一人称がまず出てきて、自己主張が強い。「私」が、ある事を「した」とか「しない」とかを、強調する。それなのに日本人は、質問の意味に直接答えるから、No が Yes となる。大げさにいうなら、相手尊重の自己滅却を意味するであろう。

駅員が拾得した品物を、相手であるお客の立場になって「遺失物」と呼んだ日本語は、現今の外交交渉や国際会議では通用しそうもないところの、かつての日本人の心の優しさ、の証左である、といえぬだろうか。

第五部　折にふれての回想

資産家になれぬ一族

昨今の世相は財テクばやりのようで、見事に資産をふやして行く連中がいる。そのような人たちにかぎって、さらに莫大な遺産が入ったりする。

そうかと思うと一方には、せっかくの財産を、逆に失うような運命に、つねに置かれている家族も、ある訳である。

私の祖先は、瀬戸内海沿岸の小都市に、広い屋敷を持っていた。一度人手に渡ったのを、祖父が、有金をはたいて買い戻した。この時、きちんと当人の名義にしておけば、良かったのである。それを怠っているうちに、彼の弟が、屋敷を飲代に変えてしまった。祖父は自分の弟をしきりに追究していたが、どうにも手の施しようがなかった、と云う。祖父の資産は無駄となり、伝来の不動産も消滅する結果になったのであった。

私の生れた大正末年には、すでに郷里の家はなくなっていた。今では、旅行の途次、祖先の墓のある寺に立寄るのみである。

祖母の母は、私が生れた時には、存命であった。自分の家を、どういう訳か、赤の他人である店子のK氏に譲ってしまったのである。儲けものをしたのはK一族だった。それでいて、彼女は娘を頼って、私たちの家に身を寄せていた。

世話になるはずの娘に家をやれば良さそうなものだが、そうしなかった事情は、今となっては良く判らぬ。祖父は、不平たらたらで〈うちへ来ないでKさんの世話になるが良い〉と洩らしていたけれど、実行するには至らなかった。

祖父は、鉄道に長く勤めていたが、あと半年で恩給がつく、と云う時期に、上役との喧嘩がもとで退職してしまった。後年祖母は、何時もこの話を持出して、残念がっていた。昔の恩給は、今と違い、かなりの待遇のものだったようだ。本人自身も辞めたことを後悔していた、と云うのだから、見上げた話ではない。単純で我儘な性格だったからであろう。それ以来ずっと無職で、父の被扶養者になっていた。

父が阿佐ヶ谷の百坪の借地に家を建てたのは、私の生まれる以前である。小学校入学前ごろ、父はさらに、近くの馬橋に分譲地を求めて、大きい家を新築した。

空いた家を、Yと云う陸軍将校に貸したのは良かったけれども、住み方が粗暴なせいか、いろんな修理要求を持出して来るものだから、面倒だと云うことで、祖母の主張により、三千円で売却してしまった。当時は、別に金に困っている訳でなく、売る必要は特になかったのである。母や親戚たちは、反対意見だった。惜しいことをした、と思う。駅から東南へ五分ほどの、至極便利な場所であった。

私は、幼少の頃には極めて虚弱であり、年中医者にかかっていた。何度も入院し、死にかけたことも度たびである。父の話によると、私のために支払った医療費だけで、医者が一軒家を建てられたほどであったそうだ。

止むを得ぬとは云え、私も、一家の資産を減らすのに、大いに貢献したらしいのである。

馬橋に家を建てたころ、父は相当の高収入を得ていた。ところが、引立ててくれた重役が急死し、反対派の社長が来たため、徹底したいじめに会い、居にくくなって、ついに退職した。今思うと、この時を境に、父の運命は下降の途をたどることになる。

子供が三人もいるので、普通の人なら、さっそく何かの職を見付けそうなものだが、どういう心境だったのか、父は、数年間浪人生活を続けた。良い生活を味わった經験のあるだけに、しがないサラリーマンに戻るのが厭だったのかも知れぬ。幸か不幸か、数年徒食出来るだけの貯えはあったらしい。

しばらくして父は、鉱山への投資を始めた。黒鉛の鉱物見本や化学分析表が家にあったのを、私は記憶している。結局は、山師にだまされ、多額の借金を背負ってしまった。せっかくの土地付きの邸宅も、十年も経たぬうちに、早くも手離すことになったのであった。

そんな事情がなければ、今ごろは私も、一流住宅地の豪邸の主人でいられたはずだと、役にも立たぬ回顧をすることがある。

大店の時計商の娘である母は、指輪や宝石類を多量に持っていた。幾竿もの箪笥のなかに詰っていて、子供の私は、よくそれを開けては遊んでいた。実家から絶えず仕送りされたものであったけれど、これらは、何時ともなく、次第に消えて行った。

全部が残っていたら、多分マンションの幾軒分かには相当したであろう。

その後の父は、小さい家へ移り、友人の紹介で、中小会社の会計課に勤めるようになった。給料は昔に比べ格段に低く、さぞ不本意であったに違いない。中学四年の冬に、父は急死した。その時、生命保険の掛金も途中で切れたままになっていた。

大戦末期と戦後の混乱期に、親子四人は、毎日を生延びるだけで、せい一ぱいであった。

私が就職して僅かながらも月給を貰えた時に、やっと一息つくことが出来た。結婚した折にも、何の貯えもなく、大田区にある義父の家作の一つを提供して貰って、そこに住むことになった。

家人の父は事業家で、娘九人を次つぎと嫁入りさせても平気でいたほどのスーパーマンであった。家人は、戦中戦後でさえ食物に困ったことはないそうで、恵まれた境遇に育ったせいか、世帯の遣繰りや貯蓄などの、經験や能力がないのであった。

家計を支えるために妻に働いて貰う必要まではない、と思っており、その代りせめて赤字は出さぬようにと、私は願っていた。ところが、長年経過しても、あまり貯蓄が出来ないのである。それも、主人である私の働きが良いならば、問題がなかったはずなので、こちらにも弱味はあるのであった。

そのうえ、家人の兄弟姉妹が多く、私の母のように仕送りを受ける訳に行かなかった。

昭和四五年に、私は今住んでいる家を建てた。義父が死に、相続の関係で、家作を明渡す必要が起きたからである。世田谷区内の彼の土地を、娘たちが相続し、家人の持分になった猫の額ほどの場所を、利用することが出来た。

時間的余裕や資金の用意も、ほとんどなかったため、極めて粗末なものしか建てられず、のちに禍根を残すことになった。

私は公立学校に勤務していたが、ベースアップの度合が次第に悪くなり、同じ教員でも、私立大学の先生のそれに比べると、見劣りするようになった。私大の多くは、儲かっているので、立派な会館や校舎をしきりに新築しており、給与水準も相当高い。十歳若い義弟の私大教授のほうが、私よりも給料が良かったほどである。

まして同級生である専務とか社長などの人種と、ボーナスを比較することなぞは、全くのナンセンスだったのである。

高収入と係わりのない職業であることは、端から判っていたことで、それが厭なら、然るべき職を選ぶべきであった。だから文句の付けようはないのだ。それに私には、財テクなどの能力が生来欠けていた。

かつて、ロングセラー教科書の印税で別荘を建てたり、エロチック随筆のおかげで外車を買ったりした、先生方もいた。私も、教科書や学術本を書いたことはあるものの、ほとんど売れなかったので、製作に要した労力費用を換算すると、明らかにマイナス収入なのであった。

平成二年から、共済年金を受ける境遇になった。昔祖父が貰えなかった恩給である。実際に受取ってみて、低額であるのに驚いたけれども、支給されぬよりましである。

若い頃、私の恩師と仲の悪かった先生が、あいにく独裁的主任教授になって、教室に乗り込んで来た。その人から私は、徹底的に痛めつけられたのである。辞表を書かされる寸前まで行ったこともあった。

厭な扱いを受けたら、辞表を叩きつけるほうが、男としては気分が良かったであろう。しかし私は、職場を転々と変えながら遊泳して行くような、器用なタイプでない点を、自覚していた。他人との衝突でいちいち辞職していては大変だ、と思った。祖父の恩給棒振り事件や父のいじめ退職を、聞かされていたのが、大きく作用したことは、間違いない。私のほうが、祖父や父よりも、臆病かつ不純な性格だった、と云えよう。

停年退職によって、年収は一挙に三分の一以下に減少することになった。期末手当のなくなった影響が、とくに大である。在職中は僅かのボーナスと感じていたが、辞めてみると、有難味が判る。

停年生活のあれこれを書いた本を見ていたら

〈ア、キミハボーナスカ、ボクハボーナシダヨ〉（傍点原文）

と云った笑話が出ていたので、なるほどと実感した。

収入の減ったさいには、支出も、それに合せて調節するのが、健全である。ところが、家庭の支出状況は少しも変化しないのだ。今までがぜいたくをしていたのなら、生計費を切詰めると云う手も打てるはずだが、平素から切詰めていたためか、これ以上対策の施しようがないのである。新聞を止める訳にも行かぬであろう。それればかりか、むしろ支出額は増大した。コピー、郵便料、旅費、書籍代などの、あらゆる品目が、自腹に転化してしまったからだ。

現在は、自身で作り出した仕事に追われ、暇ではないけれど、それらのほとんどは、収入と関係のないものばかりである。

家屋の老朽して来た点もあり、今後の生活は、昨今物価値上げの続くなかで、インフレが昂進したらどうなることかと、心配している。

インフレと云えば、敗戦直後の生活を思い出す。当時インフレ街道を、大蔵大臣が先頭を切って突っ走り、庶民は止むなく引きずられて生きていたのである。その日暮しだった私たちは、どれほど恨めしく思ったことか知れない。あんなインフレは二度とご免を被りたいものだ。

ものの本によると、資産家になるほど、インフレ時には儲かるのだそうである。インフレ防止を希望したい向きも当然ある訳で、財産の少ない者は用心が肝要であることになろう。

私の中央省線地図

今はＪＲ、以前は国電であったが、往時を甦らすには、やはり「省線」と呼ばなくてはならない。

杉並町大字阿佐ヶ谷で生まれ、三〇歳近くまで中央線沿線に住んでいた。

両親といっしょに新宿へ買物に行ったり、明治神宮の芝生へピクニックに行くのに、省線電車を利用するのが常であった。汽車のほうは、阿佐ヶ谷駅に停車しなかった。今の中央線特別快速や休日快速が高円寺・阿佐ヶ谷等を飛ばすのは、遠く豊多摩郡時代に淵源があったのだろう。幼児の私が「汽車を見に行こう」と言うと、祖父が私を連れて、泥道の青梅街道を、荻窪まで足を延ばした。木の柵につかまって、停車中の汽車を眺めて飽きなかった。

中央線は地図でも判るように、東中野から立川を越すあたりまでが、一直線である。国電時代の半ばに、一部が新しく高架化して、小さな勾配が各所に生じたため、かえって見通しが悪くなった。昔の水平な地上線路時代には、とくに高円寺・阿佐ヶ谷の各ホームは両岸タイプであったから、遠方までよく見通すことができた。

爽やかな朝などは、上りホームで待っていると、小さく現われ次第に拡大する車両の正面が、木柱の日影をつぎつぎと切りながら、駅に近づいて来るのである。

踏切の場合も、山手線等のそれと違い、充分に見通せるうえに、昔は運転間隔も離れていたから、大きい事故はめったに起きなかった。

昭和二〇年代、私は阿佐ヶ谷北口の住人だったので、帰宅時に踏切を渡っていた。その頃からダイヤが過密化して、有名な「開かずの踏切」になってしまった。当時の踏切番は、胡麻塩あたまの神経質なおやじで、下り車両が高円寺の向うにポツンと見えると、さっさと遮断棒を降ろしてしまう。おかげで時間のロスが莫大だった。あの憎らしいおやじの無事故達成の偉業は、無数の住民大衆の犠牲で、あがなわれていたものに他ならない。

学生の頃は、いつも御茶ノ水まで急行に乗った。四ツ谷の手前の御所トンネルに入る前の左手、線路より低目の庭園のような場所に、睡蓮の浮かぶ、小さい円形の池があった。子供の時から見覚えのあったものだが、現在はなくなっている。多分戦災かなにかで、住宅環境が変動して、埋められたものではないだろうか。

池の次の長いトンネルが、山のない東京の町なかになぜ必要なのか、子供の私には不思議に思われるのであった。掘り崩すのが恐れ多い土地建物が存在するためだ、とは、少年倶樂部にもあまり書いてなかった。

戦災といえば、省線の車窓から眺めた焼け跡の光景を記憶している者は、もう大分少なくなったことだろう。

私の在籍した高校は、京王線の幡ヶ谷から歩く距離の、中野区の最南端地区、にあったが、校舎が五月の大空襲で焼け、骨格だけは残った。その上部のシルエットが、中野——東中野間から望見できたのであった。飯田橋のホームから早大の大隈講堂の時計台がよく見えたのも、この時期である。

上り急行電車は、中野の手前で複々線となり、そのまま乗っていると、御茶ノ水付近で、神田川を見下ろす岸壁の上に出る。川の汚染度は、長年月の間には、変動が大きかったようだが、トロリと濁っていたことは、昔からあまり変りがない。小学校の修学旅行の時に手を洗った五十鈴川の水とは、大分違うのである。車窓の真下に黒い水の見える場所にさしかかると、崖が崩れて転落し汚い水を飲んだらさぞ苦しいだろうと、子供の頃余計な心配をした。そして万世橋駅を過ぎ、線路から川が離れて行くと、一安心するのであった。

池や川は、短調な住宅風景の中にあって、印象に残りやすい、のではあるまいか。

下り電車が高円寺に着く前の土手下に、その斜辺が線路に沿った直角三角形の池があった。のちには、大きな水溜りと化し、遂に消滅してしまった。今の環状七号線が以前道路予定地の帯状原っぱであった場所と、駅との中間あたり、と記憶する。

高円寺——阿佐ヶ谷の、真中より少し阿佐ヶ谷寄りの位置で、桃園川という小川が、線路をくぐる。実際は大きなドブ川に過ぎなかった。今は蓋の上が通路になっているが、以前川だったことが判る。近くの小学校に通っていたから、この付近の歴史地理を知っているのだ。

戦後、食糧難の折の通学が過労となって、しばらくの間栄養不足状態だった。そのためであろうか、帰宅時の混雑した車中で、時折脳貧血を起こした。あわてて下車し、どこかの駅のベンチで休息したこともある。車内で倒れたりすると見っともない、と思って、目前が暗くなり冷汗が流れ出す際に、我慢して立っているのは、二度となめたくない苦しい体験であった。

急行の時は、なかなか停車しないので、気分の悪くなりそうな時、安心できない。そこで、中野までの鈍行に乗った例もある。

それは昔の体調の悪い場合であったけれど、現在の私はむしろ、各駅停車の利用にメリットを感じている。

目下、新宿から中央・総武各停で、津田沼まで、定期的に通っている。昔は御茶ノ水で乗り換える決まりであったが、今は直通になった。中央快速と総武快速とを利用してもよいけれど、東京駅での乗り換えの移動時間と待時間を計算に入れると、あまり得にならぬ。むしろ新宿で多少機敏に乗り込めば、各停に座れることも多く、一時間近く読書などに活用できる。鈍行と考えるから遅くて損、と感じるに過ぎず、総合的に比較すると、直通であるかぎり、かえって有利ではなかろうか。

若いサラリーマンだったら、そんな悠長な行為は出来まい。省線時代に通学した折に、車内で腰掛けたことは、ほとんどなかった。座ることを考えるようになったのは、体力が衰えた証左でもあろうし、またラッシュ時に乗らずにすむ境遇になったせいでもあろう。

雑炊

食堂の前に長い行列を作ったすえ、やっと一杯の雑炊にありつく。雑炊とは名ばかりで、お湯に飯粒の浮いた状態である。丼に箸を立て、倒れないと合格、すぐ倒れるようだと不良品、といった鑑定法が街中に流布していた。家畜の餌まで食べさせられた時期のことゆえ、そんな水増し雑炊でも、一人前の顔をしていられた。

材料の遊離水分含量、広く言って軟らかさの度合いを、棒や針を刺して測るのは、いかにも原始的に見えるけれど、存外合理的である。現に、セメントペーストの固まり始めを見るには、規定の針を使って「針入度」を求める。これ以外でも類似適用例は多い。尤も、雑炊に箸を立てる方式は、食料不足の深刻になってきた半世紀前の、敗戦前の日本にだけ実現したものであったろう。

現代は、グルメ時代となり、テレビが、食べ歩き番組を年中放映する。その中でタレントが、江國滋氏の表現を借りれば、「顔がかくれるようなロングヘアを片手でかき寄せ、…一口ほおばったとたんに、うん、おいひー、などと口走る」規則になっている。その〈おいひーギャル〉に、五十年前の箸倒れ雑炊を食べさせて見たいものだ。「何よ、これが食べ物なのォ」と、目を回すに相違あるまい。

食物がどんなに重大なことかを、人びとに判らせるには、食糧難を到来させればよい。それが困難とあれば、せめて「雑炊の日」でも設営して、ありし日の、先人や老人の苦難を偲ぶ行事をやっても、悪くはなさそうに思える。

私の八月

高年齢の日本人にとって、八月と言えば、どうしても昭和20年にタイムスリップする。戦争末期の特例措置により、修業年限が短縮して、三月に、旧制高校を卒業させられた。敗戦の年に学部一年だった訳である。私共の年度は、学力欠乏のため、基礎科目の補修授業も多く、八月になっても、講義や期末試験があったりして、平常の夏休みはなかった。

6日の広島原爆から15日終戦詔書までの間の、多分10日前後に、一科目だけ試験があった。理学部からMS先生が物理化学の講義に来られていて、それの期末試験である。普通なら九月だが、先生の都合で早く授業を終らせたのだったろう。その時期には、まだ警戒警報や空襲警報が年中行事になっていた。

わら半紙を配って問題を黒板に書いたM先生は、「敵機の音が少しでも聞えたらすぐ机の下へもぐり込むこと」を指示した。先生は警報をひどく恐れていて、残り時間も大分あるのに、しびれを切らし、早く答案を出すよう要求した。「出来てなくてもオマケしときますから」

と、早々に紙を集め退出して行かれた。私もオマケの恩恵に浴した組なので、憶えているのだ。それにしても、M先生は何故あんな態度を見せたのだろうか。

緘口令が敷かれていたのに違いない。広島か長崎かの被爆直後の現場を、先生は視察したのである。終戦の翌日、新型爆弾が「ウラン原子核の分裂」による、との記事が、NY博士らの視察報告として、掲載された。輻射線の理論化学者であるM先生も、視察団に入っていただろう。先生は、あれが核爆発であることを知っていたが、私たちに口外出来なかった。後になってそう考えると、M先生の異様な態度が理解出来たのである。

終戦の日、その他の授業は有ったはずだが、私は、考えた結果、大学を休み、母と共に正午のラジオ放送を聞いた。

翌日は教室へ行った。仲間とどんな会話をしたか、まったく記憶していない。誰かが「ベルリン大学はどうなったのか」と話題を持出したが、誰も知っている者はなかった。今後の見通しが全く立たぬ状況下なので、悲観的予測を話す先生方もいた。

数学のAA先生は、「われわれは強制労働所に連行されるだろう。学問を続けるのは不可能に違いない」と鎮痛の表情であった。また電気工学のOM先生は、敗戦後最初の講義時間が来ると「先週からのプラス1週間、イコール、マイナス百年」と言った。技術系教授たちの、それは実感であったであろう。

戦争直結の航空関係学科その他では、建物の中庭にて、書類焼却が始まった。白煙が学部キャンパスに立ち込め、何日もこれが続いた。

眼鏡顔

小学六年生の時、はじめて眼鏡をかけた。黒板の字がよく見えなくなったので、止むを得ない。学校へ顔を出したとたん、「ロッパ」という渾名を付けられてしまった。

今は顔がそれほどでないが、子供の頃は丸顔であった。父方の曽祖母は丸顔の美人、と伝えられており、丸顔の点だけが、世代を越えて遺伝したのかも知れない。

私は芸能ニュースなどに疎く、後で知った話では、その当時、古川緑波が丸顔眼鏡の人気役者として登場していた。子供たちは皆知っていた模様である。

自宅のあたりは、田園と住宅地とが混在した環境で、畑や小川もごく近くにあった。悪童連中は健康そのもので、眼鏡の人間はクラス中で一人か二人に過ぎない。何となくひ弱な落伍者になった気分で、肩身の狭い思いをした。

ところが中学に進むと、生徒の半分くらいは眼鏡である。おなじ東京でも山手線の内側になると、こうも違うものかと、少し気樂になった。同級の某君によれば、私を含めた３人の顔が同じようで、当初は全く区別出来なかったそうである。ロッパなどを連想する者はいなかった。入学した中学が、その古川氏の出身校であったのは、偶然の奇縁であろう。

私の近視は、大して度が強くなかった。大学三年ごろから約十五年ほど、眼鏡を止めていた。けれども旧制学位制度が廃止になった折、滑り込み申請をやる必要が生じ、大急ぎで論文を仕上げた。何か月も根を詰めたせいか、度が進み、ふたたび眼鏡を常用するようになった。

それ以降は、とくに渾名はなかったが、誰それに似ている、といった話が、しばしば出たこともある。

家にあるアルバムを眺めていた来客が、父の顔を

「天皇陛下に似ていますね」

と評した。実は私も、中年の時期に複数の人から、昭和天皇に似ている、などと云われた。もしも戦前戦中であったなら、そんな恐れ多い話が洩れようものなら、たちまち警官が来て、〈ちょっと来い〉と云っただろう。父子の遺伝の可能性もあろうが、自分では全く気付かなかった。そもそも天皇のような威厳がある訳ではないのだ。

顔のことで、忘れがたい記憶がある。わが国最初のノーベル化学賞を福井謙一教授が受賞した時の、学会広報誌の表紙に、眼鏡をかけた同氏の肖像が載った。これを見た研究室の助教授や学生たちが、私の顔がそれにそっくりだと、囃し立てた。皮肉屋の院生某のごときは

「顔だけが似ている」

と冷やかした。反論出来ぬのが残念であった。

その少しあとに、やはり卒研生の一人が
「先生の顔は阿川弘之に似ていますよ」

と云った。二十年以上昔のことだが、平成十七年、全集発刊のパンフレットに出ている同氏の白髪眼鏡の顔を見ると、若干似た点のあるような気がした。しかし家の者に見せると、〈全然似ていない〉と云う。見る側の人が違うと、評価が異なって来るのは、当然かも知れない。

老眼が進んだためか、以前作った遠近両用の眼鏡が合わなくなった。眼科医に相談したところ
「新しく作る必要はないですよ。勿体ないから」

と云われた。今は外出・旅行の時だけ眼鏡をかけている。

初出一覧

	初タイトル	掲載誌	発表年月	発行所
第一部	《創作》研究と独創・それを促すものと妨げるもの—□□先生特別講演記録—	化学装置　26巻7号	昭和59・7	工業調査会
第二部	茶論些論（総題）			
	二階の女	機械技術　43巻4号	平成7・4	日刊工業新聞社
	文系人間と理系人間	機械技術　43巻5号	平成7・5	日刊工業新聞社
	スピード時代私感	機械技術　43巻6号	平成7・6	日刊工業新聞社
	タテ型ヨコ型	機械技術　43巻7号	平成7・7	日刊工業新聞社
	重箱の隅	機械技術　43巻8号	平成7・8	日刊工業新聞社
	表面だけが大切となる話	機械技術　43巻9号	平成7・9	日刊工業新聞社
	手帳に関する雑談	機械技術　43巻10号	平成7・10	日刊工業新聞社
	喫煙・禁煙・非煙	機械技術　43巻11号	平成7・11	日刊工業新聞社
	気象情報批評	機械技術　43巻12号	平成7・12	日刊工業新聞社
	日記学序説	機械技術　44巻1号	平成8・1	日刊工業新聞社
	採点の季節の中で	機械技術　44巻2号	平成8・2	日刊工業新聞社
	未完成なるもの	機械技術　44巻3号	平成8・3	日刊工業新聞社
第三部	夜明けのメモ用紙（総題）			
	第1枚　男と女の断面図	無機マテリアル Vol.3 Sep.	平成8・9	無機マテリアル学会
	第2枚　迷惑学のすすめ	無機マテリアル Vol.3 Nov.	平成8・11	無機マテリアル学会
	第3枚　地震にまつわる素人の意見	無機マテリアル Vol.4 Jan.	平成9・1	無機マテリアル学会
	第4枚　大学教授の職務は何か	無機マテリアル Vol.4 Nov.	平成9・11	無機マテリアル学会
	第5枚　地図を描く	無機マテリアル Vol.5 Jul.	平成10・7	無機マテリアル学会
	第6枚　月曜日の法則	無機マテリアル Vol.5 Sep.	平成10・9	無機マテリアル学会
	第7枚　不公平なる競争	無機マテリアル Vol.6 May	平成11・5	無機マテリアル学会
第四部				
	タイトル今昔物語	表面科学5巻　2号	昭和59・6	日本表面科学会
	書物に関する瑣末的コメント（正、続）	表面科学7巻　3号	昭和61・8	日本表面科学会
	旅行とは何ぞや	月刊ずいひつ19巻6号	平成3・12	日本随筆家協会
	案内状・通知状・依頼状	PHOJPHORUS LETTER No. 13	平成4・1	日本無機リン化学会
	アイデア発生所	月刊ずいひつ20巻6号	平成4・6	日本随筆家協会
	スケジュール学入門	石膏と石灰 No. 239	平成4・7	石膏石灰学会
	年月日	月刊ずいひつ20巻12号	平成4・12	日本随筆家協会
	ペンネーム雑考	月刊ずいひつ20巻9号	平成5・9	日本随筆家協会
	大学教授・学科主任・教室会議	PHOSPHORUS LETTER No. 24	平成7・9	日本無機リン化学会
	ストレスは高からず低からず	PHOSPHORUS LETTER No. 35	平成11・6	日本無機リン化学会
	何が無駄であるのか	PHOSPHORUS LETTER No. 44	平成14・6	日本無機リン化学会
	経済音痴高齢者の見た日本経済の話	PHOSPHORUS LETTER No. 49	平成16・2	日本無機リン化学会
	遺失物取扱所	校友会会報 No. 117	平成18・4	早稲田中高等学校校友会
第五部				
	資産家になれぬ一族	未発表作品	平成2　稿	
	私の中央省線地図	未発表作品	平成6　稿	
	平成新風（コラム）	JA 全農通信2211号	平成6・9	全国農業共同組合連合会
	私の八月	未発表作品	平成13　稿	
	眼鏡顔	未発表作品	平成17　稿	

あとがきと解説

私は筆名や匿名で、非専門の話を、いろいろ書いています。平成2年の停年退職時から現在までのあいだに、商業誌、学会誌その他に発表した文章の一部分を、今回本にしました。停年前の作3件、未発表原稿4点も、加えました。平成4年の『わがエッセイ工学』が筆名単行本第一作ですので、本書が第二作ということになります。

私は、日常生活や社会現象考察のさいに、些事を大切にします。また特定の事物には強いこだわりを持っています。多くの人があまり気にしないもの、何とはなく感じているが表現が面倒である事柄、常識上では言いにくいような心理などを、ここでは採りあげました。専門性の高い話はなるべく省き、一般のかたに読んでいただけそうな話題、と考えた作を、収録しました。もちろん、学術論文でありませんから、発想や論理などを精密に述べてはおりません。

本書をお読みになると、著者が理工系の大学教員の経験者であることが、どうしても判ってしまう、と思います。そのような人間の視点で、さまざまな事物を眺めている訳です。また著者の教養知識があまり円満でなくかなり偏っている、とお感じになるに違いありません。良かれ悪しかれ、本書の特色をなす、とは申せるでしょう。

各作品は書かれた時期や掲載場所がまちまちです。それが原因で、重複的な文言論旨の話が出て来ます。見苦しい向きもあるでしょうが、いろいろな作品を一冊に収録するのが目的なので、ご諒察願えれば幸いです。用字のある程度の統一、転載により必要になった僅かの修正、初出時の誤植不備の訂正などのほかは、とくに改稿はしていません。巻末の初出一覧をごらんになって、発表あるいは執筆の時点での記述であることを、ご留意下さると、有難く思います。古くなった話がある一方では、平成20年現在でも通用しそうな言論もあるかも知れません。

本書は5部から成っています。次にごく簡単に著者自身が解説を書いて見ます。

第一部は、仮構の人物が定年直後に、講演を頼まれて、当人の研究人生を回顧する内容です。冗談・誇張・矮小化といった操作を多用することで、少しでも事物の真実に迫って行くのは、小説家などの手法ですが、それを、このような特殊な話題に適用しました。

第二部のタイトル「茶論些論」は〈サロンサロン〉と読みます。私の造語です。4月から翌年3月までの一年間連載した記事なので、季節に応じた題材を持って来た傾向もあります。

第三部は、7編ありますが、完結したのではなく、今までの発表分をまとめました。見出しの「夜明けのメモ用紙」は、本書のタイトルにもなっています。「夜明けのナニナニ」はいろいろありますが、本タイトルは私の考えたものです。

私には、枕もとにペン・鉛筆や白紙・裏の書けるチラシなどを積んでおいて、目覚めた時、気の付いた、こまごました用件、を書き留める習慣があります。エッセイの題材や原稿中の文言を思いつくこともしばしばです。

作品中の「大学教授の職務は何か」について補足します。「KY博士」は小寺嘉秀さん〈故人〉のことです。小寺さんは〈国公立大学教授は教育に専念すべきで研究をやるべきでない〉という珍説を学会誌等に発表しました。その話を採り上げたものです。小寺さんの大変な不興を買い「なぜ本名で書かないか！」と、叱られました。

第四部は雑談です。時事評論の真似ごとのような文もあります。比較的新しい時期に書かれたものが多いです。世間に対して云いたいことを、いろいろ述べました。

第五部は、第四部までの作品の空気を少し入れかえて、回想ふうの文章を集めました。その意味で、付録のような性格の部分と考えて下さってけっこうです。一編を除いてすべて未発表の作で、原稿を書いた時期はさまざまですが、いずれも発表の機会がなかったものです。特定の視点から述べた自分史、といった側面もあるので、著者である私自身を解説する内容にもなっている、と存じます。

「私の八月」中にイニシアルで登場する先生の本名を述べておきます。「MS」、「AA」、「OM」は、それぞれ、水島三一郎、雨宮綾夫、大山松次郎の三先生のことです（いずれも故人）。

第一部と第二部とは、私の古くからの友人である編集者の清水正秀さんのお口添えで、雑誌に掲載出来たものです。清水さんにお礼を申し上げます。

本書は自費出版で、創英社／三省堂書店、三省堂印刷に、印刷製本をお願いして、このような本を体裁よく作っていただきました。

２００８（平成20）年5月

三和康太郎

著者紹介

三和康太郎《みわこうたろう》

本名：金澤孝文《かなざわたかふみ》　1926年東京府生まれ　1948年東京大学第一工学部卒業　専攻：応用化学　1961年工学博士　1990年東京都立大学名誉教授　1998年日本無機リン化学会名誉会長

著書『リン』（研成社）、『工業鉱物化学』（共立出版）、『無機工業化学』（共）（講談社）、『無機リン化学』（編）（講談社）その他

筆名での略歴：1984年「文芸せたがや」第３号　随筆部門一席入選、1992年『わがエッセイ工学』（サイエンスハウス）出版、コラム・エッセイ・文芸評論などを発表している

夜明けのメモ用紙
――定年教授こだわり美学――

2008年５月24日　初版発行

著者
三和康太郎

発行／発売
創英社／三省堂書店
〒101-0051　東京都千代田区神田神保町1-1
Tel：03-3291-2295　Fax：03-3292-7687

印刷／製本
三省堂印刷

ISBN978-4-88142-368-4　C0095